主编 凌翔　　　　　　　　当代著名作家美文自选集

# 散步的路口

史丽娜 著

民主与建设出版社
·北京·

© 民主与建设出版社，2020

**图书在版编目 (CIP) 数据**

散步的路口 / 史丽娜著 . —北京：民主与建设出版社，2020.2
ISBN 978-7-5139-2942-4

Ⅰ.①散… Ⅱ.①史… Ⅲ.①散文集－中国－当代 Ⅳ.① I267

中国版本图书馆 CIP 数据核字（2020）第 033531 号

**散步的路口**
SANBU DE LUKOU

| 著　　者 | 史丽娜 |
|---|---|
| 责任编辑 | 周佩芳 |
| 封面设计 | 陈　姝 |
| 出版发行 | 民主与建设出版社有限责任公司 |
| 电　　话 | （010）59417747　59419778 |
| 社　　址 | 北京市海淀区西三环中路 10 号望海楼 E 座 7 层 |
| 邮　　编 | 100142 |
| 印　　刷 | 唐山楠萍印务有限公司 |
| 版　　次 | 2020 年 7 月第 1 版 |
| 印　　次 | 2020 年 7 月第 1 次印刷 |
| 开　　本 | 710 毫米 ×1000 毫米　1/16 |
| 印　　张 | 13 |
| 字　　数 | 200 千字 |
| 书　　号 | ISBN 978-7-5139-2942-4 |
| 定　　价 | 49.80 元 |

注：如有印、装质量问题，请与出版社联系。

# 支撑起照亮心灵的时空（序）
高海涛

初读史丽娜散文，会感觉到大气与正能量。细细品味，又能发现她是在用语言的魔术手，支撑出一个足够照亮心灵的时空。正如墨西哥诗人、散文家帕斯所说，诗人赖以生存的语言总是有两个标记：生动、常见。也就是史丽娜经常挂在嘴边的灵动。语言越灵动，散文的时空才会越阔达，才不会被蛛网般的锅碗瓢盆、你你我我所迷惑，直抵生命本源。

打《我叫它时光墙》开始，史丽娜一直在思考时间、空间与心灵的关系。她的每一篇散文，都是一个时空光圈。也许她不经意为之，从《瀛州谣》到《娘娘河畔嫡祖树》，从《送秋》到《打开冬天》，从《散步的路口》到《守得一轮明月在》，在她写作的轨迹里，分明能感受到她的潜意识。那里有一把伞，随着她手中的笔，撑出一片时空。伞，是她散文的空间；雨，是上连天、下接地的时间。亦可反转，总之，雨和伞组成了她的散文。雨与伞触击的声音，便是她散文的语言。灵动、脱俗、自由，不乏沉重。

城市这个空间，越来越成为散文家关怀的对象。这个各色人等聚集的地方，在人文上最具集中性、透视性、复杂性。史丽娜在《我叫它时光墙》中注入了自己的情感，自己的思考，还有城市的性格与时间。史丽娜的城市，不是建筑规模，更不是人口多么众多，而是能容纳多少人文情怀。那个叫桃花界的小山村，有着一个庞大的城市生命机体，不说她是山西省与河北省的界村，仅那么一接触，就会感受到既有融入大山的美丽外形，又有内在的精神气质。史丽娜在桃花界发现了一面墙，"一把打开时空的钥匙，它纽结着8000年中华文明的中枢。而墙上的小花，似乎为了向能解花语的人传达信息，带着身后这8000年的痴望，静守在那里。"正如里尔克感觉到的那样，"时间根本度量不出的两个片刻之间的罅隙，但那毕竟也是生存。样样是生存。血在血管里流就是生存。"

城市只是一个载体。《且停绍兴》里的绍兴不再是一座具体的城市，而是开启的一扇门，从通往这扇门的小径，到穿越这扇门，"追随她逝去的时光，让山水入怀，让山长水阔的浩气，颐养胸襟和心性，来一场空间的转换。"《睿智杭州》里，"西湖就是一把大紫砂壶，沿着国际航线，斟出一绳龙井，独有的清爽滋润着世界的喉咙"的形象凝结。《剪影西塘》里，西塘的意义在于清晨。因为只有清晨，才能让西塘脱去繁华，露出本真，才是现代都市人去寻找的那个素妆淡抹的处子。史丽娜的西塘，是人类心灵的滤纸。一位作家说，我们在"阅读"城市的时候，也是在阅读自我。城市是自我的放大，是人文的又一种规模。史丽娜告诉我们，不论在怎样的人文里，也不能丢掉自我。

时空交错后，有一种立体感。史丽娜散文，就像北京奥运会开幕式上移动着的汉字拼块，在大地上起伏更迭。这从她的文化古城、古镇与古老的村庄里，不难看出，都是种在时间土壤里的城市。这就不得不让人联想到博尔赫斯对小说的定义，小说没有长中短篇之分，只有一个名字，那就是小说。人类居住的地方也是如此，其实没有城市与乡村之分。

初始是一样的，时间一长，伴随着自己的独特文化，或者说独特性格，小的变得大了，大的变得小了或者消失了，形成乡村与城市、城市与田地的沧桑巨变。

在史丽娜的散文里，时间是相对凝固的，就像一片看不到边际的、深不可测的土壤。虽然有高速路，有许多现代化建筑，但置身其中，就会有一种强大的力量，类似于太阳黑洞，把人一下子吸入一个慢时空。她的城市也是长在时间土壤里的，而不是生长在底部没有孔洞的花盆里，让绝望的精神根须无处可伸。

史丽娜经常会把一篇散文，放在时间与空间的交叉点上。这个交叉点是过去，同时也是未来。放大这个点，就是一个时空区域。她会用许多方法来制造这个交叉点。或是浓缩的一个点，比如《那片桑林》《荔波的牵挂》等；或是放射性的线，多条，甚至无数条，比如《散步的路口》《守得一轮明月在》等。或者借助季节，用修饰词达到两样效果，比如，《送秋》《打开冬天》等。如此一来，散文叙述的事实不是有限的昨日，而是一个充满经验的过去和一个被灯火照亮的未来。

《荔波的牵挂》把荔波浓缩为一架乐器，让美妙的音乐支撑出一个时空。音乐的开始，是天籁之声，"荔波的欢迎仪式很特别，是清晨的鸟。"鸟叫似流水，如小提琴奏响，就在别人只顾听这个节骨眼上，史丽娜偷偷地在一些女人的头发里，埋下了一粒种子。"一朵或红或黄或紫的花别在发髻中央。"到了音乐的高潮，仍然是天籁之声"像一支乐队开始演奏，荔波的情节随着68级跌水瀑布的出现加快了激昂的节奏。"就在这节奏中，那粒种子开花了，"头饰上无一不存在的一个符号'蝴蝶'。"这时，史丽娜迅速地拓展散文的时空，蝴蝶妈妈创造了人类，蚩尤创造了苗族的历史。荔波美的答案一下子找到了，就是荔波从人类诞生到现在一直把蝴蝶妈妈奉为神灵。

"过了沙土羊肠小路，就是桑林。有几百年历史的桑林，就是不一样,远远就辐射来一股馥郁的土壤和青草气息。步入深处,镶嵌着金属和速度的城市,立即被纠正了形象和节奏。"不长的一段话,史丽娜就把你导入了另一个时空——《那片桑林》。但她并不满足几百年,继续带着你往前走,"故事的底色是老唐河两千多年前的泥沙。""古老的黄河走走停停,拾拣着遍地的纹印绳瓦、秦砖汉砾,生命的摇篮在辽远和宏阔中日渐丰满起来。"到了秦汉,史丽娜又用具象征意义的言语,把你带到人类的初始。"斑驳树影中,桑葚表演着优美的自由落体,然后在地上绽开自豪的笑容。这应该是最原始、最快乐的姿势,也是它生命兑现的必选项。"写到这里,那片桑林,早已不是"物理"的桑林,而是人类初心的坐标点,是人类母亲的子宫,是人类前行的校正器了。

  季节,也是史丽娜时空的路口。比如,她在《年来,年去》里,"听到年和春天互相叩门的声音,一个春天被激活了。"比如,她在《送秋》里,感悟到了"秋天是中庸的代言,不悲不喜。"特别是《打开冬天》,竟然放出了神的孩子们,他们在那里七言八语,"筷子为什么是7寸6分""谁发明了度量衡""洹河边的小屯是个怎样的村子""你看,树上长满了《诗经》里的虫子",这些窃窃私语,在唐诗、离骚、诗经的长廊里,开出了灿烂的花朵,打开冬天,照亮当下。这里的所谓冬天,其实是被束之高阁的优秀传承。被史丽娜寓言成一个"无标题",正像《道德经》的"名可名,非常名"。结尾的一句话,她说"花,开了,就是春,不论哪个季节。"温暖了冬天,也点亮了这一本散文集。

  人类积聚了亿万年的生存体验,到了那个产生苏格拉底、柏拉图、老子、孔子、释迦牟尼的"轴心时代",人类总结出了生存的哲学。只要人类离不开水、土地与空气,无论到什么时候,"轴心时代"的生存哲学,就不会改变。只是人类会被变幻莫测的生存空间,一叶障目似的迷失了心灵。这时,就要靠史丽娜的"雨伞"遮挡雨帘,照亮时空。

  《守得一轮明月在》是史丽娜最新的一篇散文。用童话的言语,一两拨千斤。找准了"藏猫猫"和"一串馒头"这个支点与杠杆,成就一篇优秀散文的同时,撬动起一部中国四十年发展史与心灵史。还让我们在不远处看到了一个升级版的中国城市与乡村,阔步走来。

像《散步的路口》里有许多不愿让人割舍的句子,"这个初秋,突然迷恋上早晨散步的路口。一个十字路口,一个乡村与城市交界点。""久了,觉得路口像两副交叉的扁担,承担着使命奔向南北西东。""人群在路口集结,日子在时光里沉淀。""我还是喜欢坐在象形石上,看着路口的灯按红绿黄的顺序重复几遍,红灯七十秒,绿灯七十秒,黄灯三秒……"散文到此戛然而止,为读者留下无限的时空与遐想。

是为序。

# 目 录

## 第一辑 时光篇

硌疼生命的日子 002
枣林秋事 006
送秋 010
打开冬天 013
年来，年去 017
水家乡 020
月在清明遍地伤 024
牵挂 027
母亲的方式 030
那片桑林 034
等结果 038
与壁虎纠缠 042
散步的路口 046
穿透时间的记忆 049

## 第二辑 远足篇

我叫它时光墙 054
睿智杭州 057
且停绍兴 060

剪影西塘　064

娘娘河畔嫡祖树　067

水来时，是初冬　070

诗兴之路　073

趣味山行　077

行走贵州　081

上饶寻芳　096

第三辑　思悟篇

邂逅"皕书楼"　106

镶嵌磁石的地方　109

相忘于江湖　113

奔忙在"沟回里"的小北们　116

那个地方，我总想回去　120

长发岁月　125

第四辑　探索篇

街道课　130

为了遇见更好的自己　134

这个世界病了，你该怎么办　138

一只蚊子惹的祸　140

走进繁华　144

一幅画的主色调　147
种个春天给后洼　151
　瀛州谣　155
　对花棉　158

## 第五辑　留白篇

听蝉　164
秋落合欢　167
红尘滋味慢慢尝　169
将就，讲究？　171
孝的乡愁　175
被春天文身的芦苇　178
响堂山的守望　182
由麻醉谈开去　186
解读乡村符号　188
守得一轮轮明月在　193

第一辑　时光篇

# 硌疼生命的日子
## ——纪念唐山大地震四十周年

  四十年后，日历与那一天渐渐重叠时，我站在唐山世界园艺博览会门前，看着人如潮、花如海的街道，记忆里的画面再次还原并放大。飞机载着食物来了，扎着白羊肚手巾的总理来了，可是我的父亲还没回来。我抑制着这些画面的延续，也从不敢拿起笔描述那时的场景。那令人窒息的痛，是用词语表达不清楚的。我只能到每年的那一天，用踉跄的脚步去丈量那块土地，看着那些长满蒿草的坟茔心碎地抽泣。大多数孩子童年的记忆里收藏的都是快乐和美好，而我，收藏了那么多人生命的终点形态和雨中的无助悲怆，却一直找不到安放它们的地方。

  那一天，我和所有的孩子一样，疯玩了一天后，早早进入了梦乡。当在惊心动魄的恐惧中醒来，才发现，自己成了劫后余生的幸运儿。门前的大理石台阶不见了，平日里好端端的房屋变成了满眼的碎石瓦片。台阶上的五户人家20口人，一夜间走了六口，最大的28岁，最小的还不到一岁。母亲跌跌撞撞地带着我与妹妹们从唯一没有倒塌的房子里逃命出来，转身又湮没在凄厉的求救声里。我抱拥着妹妹战战兢兢地蜷缩在一块沙土地上，看着身边身无遮掩的人一个个增加，数着母亲滴着汗珠进到屋子拿衣服的次数，整整八次。眼前的一切，雕刻在我的记忆里，再也无法消失。

  帐篷搭建起来了，11户人家挤在一起。雨声、抽噎声、叹息声、流血的臂膀、砸掉的眼珠，是主要的声音与背景。因为惊吓，好多孩子睡觉时都半睁着眼，大人则彻夜不眠，到处去搜寻和救助。我坐在帐篷外，瞪着眼睛望着那条路，等着父亲的出现，任哭红了眼的母亲怎么劝也不离开。父亲一定会回来的，我坚信！

  一天，两天，帐篷里的人只能用黑夜和白天来计算时间。废墟里捡来的衣服，菜园里拾来的瓜果，胡乱充饥和遮羞。余震不断袭来，黑色的污水从井里蹿起一米多高的水柱，残垣断壁轰然倒地，鸡狗惊叫着四处乱窜，大人孩子寻找着可作支撑的大树。灾难一次次笼罩着死里逃生的唐山人，没有人再相信父亲生还的希望。

  太阳似乎也吓坏了，第三天才怯生生地露出头，窥探这片大灾过后的土地。尸体一车车运走，哭声一路连绵，灾难大片一样的镜头上演在每一个目光所及的地方。父亲单位来人了，说这次全省的会议，父亲下榻的招待所就是地震中心，让全家人节哀。我疯了一样把他们轰出帐篷，泣不成声地喊着：爸爸会回来的，一定会回来的。我固执地坐在路边，捡拾着路旁的石子。我相信，等我捡到一百颗时，父亲向我走来的画面就会实现。

  从没见过那么美丽的晚霞，好像唐山人向死而生的倔强眼神，再次验证我们还活着，并把我的记忆定格在生命的最美瞬间。父亲回来了，骑着他那辆永久牌自行车。包裹着父亲的金色夕阳，似乎穿透了他的身体辐射开去。我扔掉手里的石子，一下子蹦起来，向着父亲跑着，喊着，帐篷里的所有人都出来了，一起跑着向父亲聚拢，然后把他围在中间，哭着、喊着、笑着、拥着……我站在人群外，看着大难不死的父亲和每一个人紧紧拥抱。他脸庞消瘦，眼泪滂沱，身上裸露的地方到处是伤痕，指尖上更是血迹斑斑。红色的绒裤与夏天那么不合时宜，左脚上一只黑色的袜子外套着一只黑色的凉鞋，右脚一只绿色的球鞋上脚后跟沾满了红黑色的血迹，上身是藏蓝色的防雨布胡乱地从肩膀斜裹在身上……我不知道生命的界限是不是从此可以划分，大难不死的人从此是不是可以长命百岁。此时，最宝贵的财富就是：你还活着！最欣慰的一句话就是：你还活着，真好！

　　父亲所住的招待所一共五层，凌晨过后，刚刚还在一起说说笑笑的上百个各行各业的精英，转眼只剩了五人孤零零地站在雨水里对望。望着渗血的钢筋水泥，三十五岁的父亲蹲在地上，放声痛哭。三十五公里的路父亲走了三天三夜，路上救了多少人，父亲没有数过；给多少体无遮拦的死者盖上块破碎的衣服，父亲更没有算过。他只说，三天三夜几乎没吃东西没喝水，实在走不动了，否则会有更多的人活下来。回来后，父亲经常对着他那辆自行车发呆，说如果不是它，地震不被砸死，也会淹死在那条河里。桥没有了，路裂开了很深的沟，只能涉水而过，平日里温顺的河流狂怒地咆哮着，水没过头顶的刹那，不会游泳的父亲彻底绝望了，没想到自行车稳稳地立在河心，父亲踩在自行车上越过了那条生死的界限。父亲说一定是那些一路上被他救助的人用意念救了他。

　　1976年7月28日，这个在日历上普普通通的日子，却深深硌疼了唐山人。一段树木，靠着瘿瘤取悦于人，一块石头靠着晕纹迷惑于人，而唐山人，从没想到以地震让唐山这个名字家喻户晓。他们生命里最需要剪切掉的就是这一段记忆，偏偏成了最难忘记的一篇。狰狞的岁月，在这块大地上留下了不可磨灭的惨重印迹。一个上百万人口的工业城市，刹那间，七千人家从此绝户，二十四万生命从此消失，到处是孤儿院、收容所。这个地方，无论何时，总会在尘封的记忆里撬起伤疤的一角，让你疼痛到流血和哭泣。

　　一个触目惊心的故事，翻山越岭，被那么多人捡起又沉重地放下。而唐山人沉默着，不去和天争，不去和地论，只整理着这些碎石瓦块，重新结构这块土地的生活模式。紧紧拽住余波留给他们的爱和感恩的那根丝线，理性而坚强地行走着，给天让出位置，给历史腾出空间，让一切有生命的体征瞠目结舌地面对四十年后世园会里那只浴火涅槃的凤凰，还有，那朵盛开的花中皇后。

　　无论走到哪一座城市，只要听到那熟悉的乡音，我都会从内心对这个城市深深一躬。今天，我坐在世园会外的咖啡屋里，看着一家四世同堂在花丛中的合影，慢慢喝下一口，喝下一口这四十年无以言表的滋味。那只凤凰和这一家四口已融入远方的风景。

　　只想对着这个地方说一声：我还会回来的！

## 枣林秋事

去枣林要通过一条小路，小路旁是一座石墙，诱惑就来自这段旧石墙那端。墙有点矮，遮着一座废弃的旧厂房。稍一抬头，就能看到满院半人高的杂草，像褪去军装的老兵，沧桑尽现，却威风不减，长须白眉仪容凛然。报废的机器在杂草间早已修炼得气定神闲，时间此时变成一块块牛皮癣样的锈斑，附着在机身上。蓝色牵牛花从墙里探出大半个身子，肆无忌惮地伸展着胳膊腿。外墙根处的狗尾草努力地踮着脚尖、伸长脖子，不知道与牵牛花的交臂是不是它这个秋天的梦想。见有人过来，牵牛花赶紧示意蓝色的花朵：满目含情，微笑以待。待你靠近，便用茎蔓偷偷碰下你的脸，拽下你的衣服，诡异地在你的手背上、胳膊上留下点痕迹，让你忍不住一次次回眸。

可能是少有人光顾的原因，脚下小路上的尘土也显得异常兴奋，往脚上、身上扑过来，纷纷扬扬，把狗尾草本就灰色的小脸又涂上了一层锈色。一行人，嗅着花，跺着脚，边走边说笑着，把初秋的太阳硬是笑得涨红了脸。

转过石墙，豁然开朗，一片枣树林的出现，空气中有了不一样的味道，甜甜的、爽爽的，钻入鼻孔。风，也适时地赶来了，像个调皮的孩子，窜来窜去，从这棵树到那棵树、从叶子到果子。撩拨得枣个个羞答答的，像醉了酒，忽左忽右地荡着秋千，一不留神，就跌落到地上，笑着在地上打起滚来。

　　枣树的叶子仍泛着葱郁，不苟言笑地看着这些热闹，像成年人一样成熟持重。我看不懂叶子此刻的心情和表情，更猜不透树干的心思，虽然它沧桑的外表掩盖了实际的年龄，却能感觉它们对即将到来的收获和离别充满了纠结，是无奈还是无悔，不得而知。我后悔没有跟阎连科去学学怎样去解读植物的心情和语言，却在内心重复着他在《柳树的义情与语言》里的感慨：我们从来没有想过它们的疼痛、哭泣和情感的伤悲……尤其没有让人类听懂的语言表达的那种无奈。我有些伤感，枣的梦想绝不是简单融化在我的口中，著书立传也不应该是它的本意吧？否则八千年来应该有一位先人或一两本书籍对它进行关注。

　　唇齿间享受着咀嚼的快感和甘甜，肚腹内蓄积着甜蜜的能量。果核在舌内翻转、逗留。忽然觉得碰疼了八千年前的一条生命，这条生命带着前世的记忆在这石墙后与我相逢！它的前世，经历了什么？是风儿多情，裹挟了它的种子，遗落至此；还是鸟儿的疲惫，颤动了双翼，播撒了几多世纪的等待。

　　我搜索不到八千年前的记忆，这粒种子粗糙的皮肤和坚硬的外壳，让我的想象在乱石丛林中穿梭。泥沙俱下的河流从石缝中汩汩流出，一路绵延，恢弘奔腾。她流淌成一根脊梁，沿路激活肢体的血脉和经络。她幻化成一位坚毅的母亲，一路滋养着她的子孙和植被。就这样从山谷带到丘陵，从丘陵带到平原，河流两旁，植物越来越繁茂，果实越来越饱满。

　　于是，四千多年前的一天，正是满月高挂天空的日子，一队人马在野外急急行驶。饥渴难耐,忽然看到山坡几棵大树上诱人的果子,便不顾一切地狼吞虎咽起来。酸酸甜甜,既果腹又解渴,让大家忘记了疲劳,连声称赞。却不知道这种果实的名字,于是求助这队人马的首领,首领说,此果寻来,既解饥劳之困,又煞费周折,赐名为:找。这位首领就是长居轩辕之丘、有土德之瑞的中华"人文初祖"皇帝。他播百谷草木,重视生产,发展经济。枣树也终于有了中国土著植民的国籍。据说,黄帝的史官颛顼根据枣树带刺的特色,创造了"枣"字。枣也从"找"摇身一变成家喻户晓的"枣"美食。每年都有机会大摇大摆地出入皇宫,并有过远渡重洋的快乐旅程。

其实枣树非常个性,它并不在乎被人记住,更无所谓被人遗忘。开花时,黄绿色的花只比豆粒大,还要隐藏在绿色的叶子里。并且既开花,或多或少必结果。不似其他瓜果,均有开花不结果的现象。如果不是成群结队的蜜蜂造访,恐怕很难有聚焦的目光。也可能是怕凋谢时看到人们失望的眼神吧。只在自己绿色的衣服上放一些星星,给自己一个灿烂的心情,却在灯火阑珊的夜晚为天空的闪烁鼓掌。就像现在,满树晶莹诱惑着来来往往的目光,它却只管和隔壁有着北欧国籍的胡萝卜、西红柿聊着家常。

枣园的主人有着和枣一样红红的脸膛,和枣树一样朴实的性格。留意他是因为枣园本没有门,他却用两棵枣树做了门神,一左一右,树上的枣如鸡蛋般大小,一头尖一头圆,枣的名字叫:菩提枣。我佩服枣园主人的智慧,用菩提老祖的讳名做了自己的精神道场,枣园成了他的"斜月三星洞",坐在下面为自己嫁接的枣树一一命名,使他的枣园家庭跨越年代和物种。金刚葫芦娃枣生龙活虎,芒果枣、香蕉枣、马牙枣、铃枣,一个赛一个地优雅从容。沉浸此间热闹,享受其乐融融。

秋天装满了枣园,枣园满是秋天的德行。我忽然想到《白桦树上的诗篇》,想到穆格敦的那句诗:德行就是你把喝进嘴里的酒运行到身体里的各地方。我也想说：真是好诗。天空的云，三五成群地向枣园聚来，它们一定也是收到了枣园主人的请帖。热闹一波接着一波，聪明的枣园主人，是想让我们把秋天的韵味通过枣的甘醇运行到身体的各个部位，希望枣的德行遍布身心，然后传遍家人、朋友、同事以及擦肩而过的路人……

## 送秋

　　秋天是中庸的代言，不悲不喜。
　　时间愈发深沉，脚步也随之慢下来，为那些在母腹中孕育一年的生命举行一场盛大的欢迎仪式。同时，又为这场短暂的相聚签约长久的别离。果实从树上跳到筐子、车子，满眼的丰盈；大地为之负重，喘着粗气；秋天羞红了脸，抹着汗水。为了邂逅这一幕壮举，大风日夜兼程，从遥远的西伯利亚赶来。我也如约，来公园为秋送行。
　　这里有秋天最美的模样。蓝天静水，小桥花木，都在澄碧与清简中等待你的到来。
　　记忆里，这个公园是两年前才发现的。熟悉的日子里，从没注意过这个公园有什么特别。只有门口一群围阶而坐的老人对着花草，重复着曾经如花年龄的话题。
　　吸引我的，是芦苇旁那位解读《诗经》的长者，把"蒹葭苍苍"的故事续写在缓缓的水中。所以，每个季节到来时，我都要来这里坐一坐。秋天例外，会来两次，一次是迎接，一次是告别。

台阶里都藏着无数的智慧，只有单数，没有双数。我曾闭着眼验证过东西两边的台阶，的确是这样。据说，我国古代把单数看作阳数，将双数视为阴数。天为阳、地为阴，单数是吉祥的数字。我踩着吉祥的五层台阶，一步步靠近深秋的每一片脉络、每一个涟漪。和每年一样，做一场道别，续一个来年的相约。

台阶旁，金菊文静地仰着俏脸；五彩苏，虽已过了花季，但叶自为花，蝶翼翻飞；石竹，早早就把"野蝶难争白，庭柳暗让红"的标签挂在身边。只这阶前的小花，就会让你想起汪曾祺先生的那句"人间存一角，聊放侧枝花"。这种微小生命释放的安暖，让你没理由不和它们坐一会儿。感谢先生为小生命铺陈的这条慰藉和希望的生存之路。

点缀在道路北侧的，是清一色的黄色波斯菊。这些有着自播能力的生命，用"简单快乐"的花语撑起一片清绝的天，剥离着岁月的杂陈。内心笃定，外相坚韧，在没有王子的故事里等待时间深处赶来的骑士。而南边，杨树林下，同样是在历史的文字里永远缺席的驴蹄草，没有追逐的镜头，不考虑生命的余额，只有娇嫩的明黄、葱郁的花茎，在深秋的风里传递着自信和淡定。"群生明艳不同色，万绿从中一片娇"。这来自草根的名字，柔弱中赋予着泥土的力量，据说，在拉脱维亚，驴蹄草是由"火"和"燃烧"两个字组合而成，是"火"的象征。娇嫩与火，性格完全相悖的两个词，却在打磨中锻造出不相叨扰又相互并存的境界，让人惊叹。

这些普通且柔弱的生命，沉默，淡然，无争。而我，敬畏，感动，沉思，更有一种特殊的东西：享受。享受一种生命行将结束时，没有悲戚，笑靥如花的达观；享受一个不被世俗打扰的角落里深情的陪伴。

公园的灵动因了水。这水，非同寻常。灵动中自带沉着，是胸有惊雷却面如平湖的沉着。溯源而上，才知道，大运河应是它的祖母或曾祖母。它是见过大世面的。千年风云漫卷，记忆成捆浸泡，历史的魂魄早

011

把千年精血注入它的体内，难怪两岸芦苇虽是秋风涤荡，却颔首低眉，不卑不亢。

站在铁索桥上，这是我最后的一瞥。我看到了这个秋天最壮美的仪式。水中芦苇擎起如雪华盖，与岸边垂柳用最动情的方式完成了风中的吻别。飘荡的渴望蕴藏着密匝的思念，在生命终端波澜壮阔地集结，没有哀怨，没有凄婉，水，做了最好的留白。此时若李白在，定是酒醒大半，停在半空中的酒杯再无勇气一饮而尽，无需诗文，无需吟唱，人生旅途普通的壮美和真挚，在这浑然天成、摄人魂魄的深秋中定会震撼自然，雕镂人心。

普通的公园，普通到借助百度才搜到名字的花草，普通到千年遍布河床的芦苇。用一生一次的葳蕤守望着喧嚣的街市、林立的楼群，安静地与烟火对望。这简短的缘分，需倾注一生的付出。

我知道，我与这里的花草树木，一生也只有一次的缘分，它们用世代相传来延续与人类的这份缘，并用大自然的自愈功能，愈合着人工的刀伤斧痕。

在这，我找到了生命的四季。狭窄的记忆里，没有断层，没有灰尘，坚定且执着地避开越来越闪烁的目光和升腾的欲望，让踌躇的脚步在自然的唯美中开启坚定的每一天。

柳苇花草的气韵成了这个秋天定格的表情。似乎听到哒哒的马蹄声从远处响起；拥挤的人群里霎时安静，笙笛悠悠；铁索桥下欸乃声声，蒹葭飞扬。两年多了，我不让自己遗憾，总是趁秋还在时来访，趁秋还在时告别，但我也愿意听从先生的意愿，和台阶下的花们坐一会儿，和千年的河水坐一会儿。感受它们用一叶绿呈现的一片森林；用一滴水送我的一腔澎湃；感知它们内心的灿烂和涟漪，并告诉它们，明年的今天，在公园，我还会来看它们。

## 打开冬天

在北方,走进冬天,繁盛立刻遭遇杀戮,到处是枯枝残茎失魂落魄的影子。再一脚跌入铺天盖地的雪里,听着北风高一声低一声地叫喊,似乎便完成了走进的全过程。

有人说,冬天是打开的,不是走进的。于是,我便模拟走进和打开的姿势。单从姿势上说,走进用足了脚上的力量,眼睛的攫取和胳膊的挥舞都是辅助。而打开,却有了不寻常的发现。

伸手打开一扇窗子,眼睛立刻亮起来。外面的空气像走丢的孩子找到了家,懵懂地望着热气腾腾的屋子。随即,一下子明白过来,不管不顾一窝蜂往屋里挤,惊你一个趔趄。却忽然有了一种悸动,一种欣喜,或者说是一种满心接纳的喜悦。桌上,兴安杜鹃花的枝子正插入水中,点点嫣红也许会煽动一季的话题。打开,瞬间成了一种生命的体验,一场深情的期待。

就像当初,从城市的春天逃离到村子,被满眼的绿掠夺了视线。海棠悄悄爬上枝头张望,麦苗喝足了水,使劲地伸展着胳膊。杏花在左,桃花在右。蜜蜂一路歌唱，从麦田的这头飞到油菜地的那头。一群人，头上的花环沾着脚下的泥土，提着裤角奔跑、傻笑、高呼。一颗心被彻底打开后，世界就铺天盖地诱惑你、俘虏你。试想，携一春的灿烂，是不是可以打开别样的冬天？

学校应该是首选。围墙外那排树苗又多了一些，只是风有点狐假虎威，仗着气温冰凉的面孔，一次次与树发生着肢体冲突，硬是把繁茂的林子变成了孩子们画板上的简笔画。让你无法通过叶子和果实来辨认树的种类。但枝干上的那些木牌，在风中摇来晃去，随性又淡然，对寒冷发出蔑视的淡定，成了一幅不容错过的风景。

这是一排不同品种的树，孩子们亲手种的。木牌是孩子们对学到的人或事的记录。每逢课余，一些孩子和家长会聚到这里，听孩子们相互讲述久远的故事。"筷子为什么是七寸六分""谁发明了度量衡""洹河边的小屯是个怎样的村子""你看，树上长满了《诗经》里的虫子"。无论贫民还是皇帝，无论唐诗还是《天问》，都有可能被孩子们在冬眠的树上唤醒，刨根问底，享受着被羡慕和仰视的待遇。

我一直觉得，风是嫉妒冬天的，它才是这集剧情的主角，忽略是人对它最大的不敬。现在，它一定躲在某个角落里偷窥。但木牌上的那些故事，却让这个冬天包裹了千年神圣的庇佑。

打开冬天，还需充满敬畏。

大地是位母亲，她善良、隐忍。春发、夏华、秋实，她的十月怀胎，惊天动地。从孕育到分娩，从蓬勃欣冉到潇潇而立，虫卵咬噬，裂壳蜕变，经历了无数的磨难和阵痛。走到冬天，她终于完成了生命中错落有序的升华。累了，却不声张，只是一点点收拾好苍茫的绿，成熟的金，藏起所有怨怼和颓废，换上一身灰色的长袍，只想安安静静地睡一觉。冬天，是一次涅槃，是一场朝圣，是一次长途跋涉后的修整和能量补给，是对自身充盈后的盘点和自省。是减而见筋，减而显神，减而蓄势。

雪,接到指令,以祥瑞的手,为她盖上圣洁的纱。

太阳偷懒的时候,风也看傻了眼。从天而降的雪花仙子,先是在灰色的树枝、干枯的草丛、眨动的睫毛上舞动着,而后轻轻一跃,消失得无影无踪。就这样,雪,用一夜的舞步谱就了天籁的乐章,还原了一个本真的世界。

太阳出来时,天是瓦蓝的,云是盛开的,一簇簇,一朵朵,街巷公园里挤满了拍照的人,在微信叮叮当当的乐曲里,满城的手机屏幕,学跳起了天籁的舞蹈。

时光倒叙,手机还未降生。现在拿手机的手,缩小成冻得通红的小手,时不时抹一下冒着热气的小脸。三五成群,守着自己塑造的雪人,手舞足蹈。小灯笼挂在干枯的树枝上,映着小脸。"天碧星河欲下来,东风吹月上楼台。玉梅雪柳千家闹,火树银花十里开"。这种火树银花,何止十里百里。任母亲回家吃饭的呼唤响在胡同里,眼巴巴看着太阳,只盼着太阳一直睡去,永不起床。

如今,夜色斑斓,风舞霓裳,各种颜色的灯链缠绕在松柏、海棠的枝杈上。我们随时都能看到与小时候截然不同的火树银花。忍不住伸出手去,掬一捧雪放在嘴边。小时候,一串糖葫芦伴着噼里啪啦的鞭炮声把笑容粘在嘴角,现在,我仍在笑,雪、糖葫芦、回忆。笑声,击碎了寒冬对我预谋的一切考验。

"无标题"就在眼前,花香迎接着我。喜欢上这个花店,正是因为它的名字,还有这名字背后的故事。一位失去女儿的中年女性,一张安详的脸。一场大病之后,她学会了修剪、扦插。这个眼花缭乱、芳香漫溢的世界里,百合、牡丹、杜鹃,各色的花草,在这里向春天发出了请柬。她帮家长照顾小学生;救治流浪的小动物;做各种祝福花笺,送给每一个光临的人。这个集大美于一身的人,却微小成"无标题"。我送她一个"洇"字,她笑了,花签上有了一个落款。她说"无标题",是春天安放在冬天的卧底。我知道她在怀念，怀念她那个叫春的女儿。我为她的卧底感动、流泪。也时时把卧底带回家。那盆水培兴安杜鹃枝，就是她精心为我准备的新年礼物。

她说，花，开了，就是春，不论哪个季节。

## 年来，年去

　　年，是稀客，不常来；却非常守时，不早一秒，也不迟半分。一定要让踏踏实实的三百六十五步，来验证不可替代性。年从很远的地方来，走了几千岁，没走成白发三千丈的老人，反而更加朗韵精致，成了一个不可复制的符号，挂在旧岁新辞的门口，以摇落日月星辰来计量人们对它的牵念和企盼。渐渐地，人们习惯了享受它带来的隆重氛围，并为它定格的不老秘笈叫绝。

　　幽深的老巷，是年的来路。远远望去，弯曲的弄堂里隐隐传来农耕的吆喝声。人与大自然相濡以沫的结晶，以内涵的传承和自然的延续为人类提供了精神佐餐，以佑前行。旧岁新元交替的节庆风俗，演绎了各种版本的故事。人们想象中那个叫"年"的动物，就留下"年来凋敝树，年过万木葱"的神话，一传就是祖孙千代。也好，所有隐藏在故事背后的东西，在这一路的奔突中，毫无掩饰地显现出来。人们已不再探究它的由来，只心甘情愿地跟随它走进浓浓的欢愉中。

　　这个冬天，年多了雪的味道。从南到北，从东到西，雪做了最好的美容师兼设计师，把年打扮得一袭素白，长裙摇曳，像个待嫁的新娘。人们在离它十几步远的地方早早打开了贴满吉祥的大门，虔诚地站成恭请的姿势。性急的风傻乎乎地闯进去，任性了一冬的坏脾气在每个角落里横冲直撞，最后，却低眉顺眼，接受春信的碾压和质询。

年的步骤按部就班，时间开始斤斤计较起来，它在每个人的耳边窃窃私语，用浓浓的乡音传送着与母亲的距离，撩拨得人心痒痒的。

是母亲那碗腊八粥开启了年的倒计时。记忆里母亲熬制腊八粥的炊烟总是被抓心的冷凝固在半空。我会跑到屋外，跺着脚、搓着手，嘴嘟起个圆，使劲吐出热气，至今也不知谁能感受到我气若游丝的温暖。然后，看着风在偷懒，在屋后那棵战战兢兢的樱桃树上打盹。屋内，热气腾腾的腊八粥，似一碗的时光，一半盛满了回忆，一半盛满了祝福。

冷清的路开始热闹起来，人、车像树上一晚冒出的新芽，前呼后拥形成一路行进的大军。高铁站、火车站、汽车站，凡是有站台，就有从四面八方赶来的人群，喇叭努力打破这拥挤的时间，凝聚成一张写着家乡名字的车票。

人和年疏离得有点久了，诚意布满大街小巷。年拥趸的东西无需任何人去刻意描述。窗花、对联、福字、大红的衣服，凡是目力能及的地方，都以悠远而不能亵渎的方式彰显着年的强大。洒扫厅堂，煎炒烹炸。年的礼遇，无疑已远远超出人们平时的消费理念。人的如此用心，似乎是下定决心在年到来时对自己有一个重塑金身的开始。

年，和所有的故事不同，它的高潮在结尾，所以年不是个适合生长梦想的日子，却适合收藏回忆和修整梦想。年的意思是"归"，是聚；归乡，一家人团聚。是让你回到那个生长灵魂的地方，那里有你的根，有你的亲朋高邻，有母亲拉着你的小手踩在雪地里的脚印，脚印深深地镶嵌在雪里，落满除夕之夜爆竹燃烧后红红的花瓣。红色是年的代言，无需谦让和推托，义无反顾统领着年的色彩。一串串红色的灯笼硬生生把太阳逼下了山,那个夜晚,星星不再是主角,它把天空交给焰火,一场盛大的仪式向天空发起了挑战。爆竹嘶鸣着冲向天空,花朵以跳跃的方式盛开在天空。地上万众仰视,人类的虔诚,坚信昨日的一切不堪都会随着爆裂声烟消云散。

终于,日子在这一天做最后的总结,总结以推杯换盏拉开序幕。那些已下落不明的过去,一下子在酒杯中找到了蛛丝马迹。顺藤摸瓜,一滴心酸的泪落在杯中。年,收容了生命中所有的悲辛和清欢,人们把年当成了一位值得信赖的老人,被风吹淡的亲情,走丢在路上的爱情。每一个日子都是年遗落在路上的长短句子,时间用各种标点分割着这些句子,也切割着人的心情。找出层次,划出段落,分解,释然。然后用零存整取的方式挥霍着年为我们积攒的笑声、祝福和久别重逢的调侃、拥抱。把过去的艰辛和失落全部压缩,统统密封进它的口袋,只留下记忆坚守在门口。

时钟以最高的礼仪敲响十二下,推开这扇门,年,正襟危坐,满目含笑;举起杯,一饮而尽。与年缠绵的日子里,我长跪案边,双手合十,一个不一样的日子开始了。

我贪婪地期待着另一种颜色的加入,一种不同于年和其他的颜色,一种能带给人希望和定力的颜色。在没有刻度的标尺下,年与"雨水"相逢了。大地皱了一冬的眉头终于舒展开,屋外的迎春抖抖身子,发出一声低低的呼唤。

我听到年和春天互相叩门的声音,一个春天被激活了。

## 水家乡

  大禹治水时，可能从来没有想过，他治水的历史会有续集。他因水患奔波了十三年的土地，四千多年后，他的后人和他一样，因水再次奔波于这块土地。不同的一个是疏散，一个是引入。

  窗外，雪花向花木发出了最后通牒，这是2018年进入倒计时的日子，沧州市南水北调办公室议水的主题，再次勾起了南水的涌动，也让满屋南水北调实施者的表情更加凝重。

  八年，一个在历史上足以扭转乾坤的时间，建设者们从丹江口一步步丈量到沧州、天津、北京。确切地说是到了2015年11月12日，历史的目光在沧州定格。这是大雪过后的一个清晨，太阳早早地等在天边，雪儿们精灵般地凑在一起，竖着耳朵贴着地面听着什么，引得几枚干枯的叶子也凑过来看热闹；喜鹊更是有趣，把阳光一缕缕叼起来，从这根树枝放到那根树枝上。旷野的一切都被祥和与宁静笼罩，似乎都在等待一个不同寻常的时刻。在代庄引水渠小白庄出水口，长江水与黄河水以雄视天下万物的气势相遇了。一条由南向北，一条由西向东；一条流淌出五千年生存哲学的文明之源，一条孕育了民族之魂的国之图腾，把自然与人类社会最初的生命律动再次美妙地融合。

见过水沸腾的样子吗？对，冬天，就是"沸腾"。那些升腾的小水珠像欢呼的手臂，弥漫着一种潮湿的诱惑。我感觉到了那种氛围的不可抗拒性。沧州见到长江水的激动，想不到竟是水最兴奋的温度。"沸腾"，这是个物我两用的词语，着实点燃了沧州的那个岁末年初，也为沧州人最真挚的情感作了酸楚的注释。

沧州，怎么看都是一个被水宠溺的城市。多少年前，那场挡不住的汹涌，让人至今还对"九河下梢"这个词语心有余悸。如今，九河已在人们的记忆中渐渐远去，高氟、断流、甚至漏斗已把沧州变成无法取悦别人，更无法取悦自己的一眼枯井。

二十多年前，我追随着大运河的足迹来到沧州。不知道氟是个什么古灵精怪的东西，也不知道它是什么时候开始喜欢挑衅人的身体，只是一口被人羡慕的雪白的牙齿，很快被涂了一层锈迹，我惶恐自己得了这个城市的一种传染病。我跑到当地的医院，惴惴不安地等待医生的结果。年轻帅气的医生指着自己的牙齿，玩笑地说了句：沧州标记，丢了好找。

事业有成的好友，就因自己的氟斑牙被人当面取笑，导致女友当场与之分手。功成名就，才气逼人，却抵不过家乡贴了标签的一口氟斑牙。

这上善若水的箴言，又怎能放到家乡的四季接受时间的鞭挞。有谁能说出水的来路和去路？又有谁能知道它的信仰和追求？它不善言谈，以流动的思维，天马行空的性格，很难被约束成固定的风景，也很难让它有家的观念。看着它，你是否有一种被落寞劈头盖脸击中的惆怅。

沧州又是何等的幸运，当南水北调的梦境终于幻化成形，你双手合十旋转360度，满眼的泪水，对着天空、大地尽情挥洒，却忘了该为这一声"谢谢"找一个落脚点。

面对华北大地那些眼巴巴盼水的眼神，无边的旷野神奇地激热了年轻后生的血液。2013年6月28日，空气里的汗水味早已覆盖了花的香味，火热的夏天呲牙咧嘴地炙烤着一群年轻的建设者。这是一条隐匿的生命线，渡槽、倒虹吸、暗涵；智慧、心血、汗水，铺满这条创造新契机的生命之路。此时，人是大地的韵脚，他们在这片大地上寻找被放逐的花朵和水滴，见证一条河流的诞生。

其实，一条河流的诞生，只要融入了人类的眼泪和汗水，便有了人间烟火的味道，便有了生命的张力。这话一点不假。这次南水北调，沧州区域出动的管理人员就有五百多人，施工队伍五十多支，工程施工人员一万两千多人，机械和车辆一千多台。这些数字，带着不容忽视的执拗，从键盘里敲出时，浮着一些亮晶的水珠，或是汗珠、或是泪珠；像锅碗瓢盆敲出的音符，音律不准，错落无序，却温暖着耳膜；又像时缓时急的江水，兀自弹奏着自谱的曲子，心不在焉地等你靠近。

杜冰，年轻的项目经理人，本是该和家人月下牵手，河边漫步，与青春一饮而尽的年龄。石津干渠施工现场，却成了他为业务塑形的训练场。无怨无悔的汗水，一滴一滴融进这生命之源中。他的任务是协调、调度。在审批迟、开工晚，但通水时间要求一致的情况下，安全穿越黄河故道，安全度汛；妥善解决拖欠农民工工资；穿越国省干道、高速高铁、燃油燃气管线，跑办各种手续。那种等人、等章、等流程的辛酸，那些需要一沓沓审阅批示的文件，说起来都伴着满眼满脸的泪。委屈、不理解、刁难、推诿，这些，让他学会了与饭一起咽下。

保沧项目部，胡俊仙，一个把幸福挂在嘴角，把美丽别在发间的年轻母亲，一声令下：出发。便毫无犹豫地背上只有五个月大的女儿。北方四月的风，满脸挑衅地把粗粝干硬的黄沙一把一把抛到她的脸上、身上。她笑了。想想六十年前伟人"借点水来"的设想终于要在自己这一代人手里变为现实，她摸摸变粗糙的脸，潇洒地甩下带有黄沙的头发，唱首歌吧，送给自己，也送给劳累了一天的风沙。

一切都在为水让路，家庭、病痛、婚期，这是一代人用自己的力量改变家园缺水，没有任何附加条件的宣战，也是向上一代人提交答卷的宣言。

其实又何止这些建设者。祖祖辈辈的土地要为这一道清水北上让路，一条水路，一路泪水。江水和泪水有什么理由不相信冥冥中无法拆解的缘分。村庄、企业、学校、祖坟、古迹，都成为移动大军的一部分。多年固定了思路的家园，被水的来路打断了原有的模式。生命的需求让历史重新思考自己的特权。

家，是有根的地方，搬迁，意味着根的流浪，那是一种痛。作家周大新想起这一幕，仍然会泪流满面。丹江口移民何兆胜，搬了一辈子的家，一生辗转三省四地，2011年，七十多岁的他因为南水北调，又要搬到黄河以北的太行山下。这一次，恐怕再难回去。渡船走的时候，老人望着家园，挥着手，失声痛哭。2012年，老人去世前，留下一句话：如果国家需要我的地，我还搬。

2017年8月1日，沧州市城镇居民彻底告别高氟水。

一个被缺水和水病困扰几十年的地方，不但没有塑造一个病态的城市，反而催生了这个城市把苦水嚼出诗意和色彩的斗志，需要怎样的信念和豁达。那世代名人汇聚的植物园，正讲述着《诗经》和《四库全书》的来由；那一条条以古老府郡命名的街道，正迎接着南来北往的商人、墨客；那张安放在大运河畔的"八仙桌"，也正回味着报德老酒、驴肉火烧的香味；不知道江水是不是感动，但沸腾的沧州会感动，奔涌过泪水、流淌过汗水的沧州人会感动。连穿城而过的大运河也在频频点头。一个内有大运河、外有长江水的沧州，这是我们的水家乡呀。是谁说过：水是生命和文明的源头。沧州人，在感恩大运河滋养的日子里，一段记忆又会因长江水的归来而丰满。

还会有一个散发扁舟的身影出现吗？还会催生出一些会思考的芦苇吗？我们没有观赤壁、览夷陵；东走江陵、西登白帝的渴求。只希望有一天，在我们的水家乡，有这样一道永久的风景：黄昏，我们围桌而坐，一壶新茶，一桌笑语。看，荷塘翻绿；听，鸟儿絮语；讲，水的故事……

## 月在清明遍地伤

    时光裹着葱绿，停留在这一朵桃花上，多想，依心而行，时光无殇！

——题记

  岁月的平仄，生命的承受，在这个雨泣花飞的日子里，与思念一起，斟满一杯……

  你尝到了咸咸的味道吗？那是三途河的水，流淌着我的呼唤，消退着彼岸花的嫣然。

  从没有想到有一天，你会离开我们，离开这个从幼小记忆里就充满温暖情愫的家。以至于每天数着日历上的叶子一片片飘落，仍然不相信枯萎的寒意会浸入心脾。我不知道怎样丈量你离我而去的距离，只觉得走了很远很远，感觉到了季节的荒芜，却不知道怎样安慰这随风飘逝，又悄然停留在窗前的梦！

  那一夜，风摇碎了漫天的晶莹，散落成一地的忧伤。我不能冷静地接受你丢下我独自离去的现实，一次次拼命掀开盖在你脸上的那块黄绸布，我坚信是它阻碍了你的呼吸，影响了你的视线，你不会忍心看着我失去往日的风采任红肿的眼睛泪水滂沱。你一定会微笑着起身，然后和我十指相扣，缓缓走进那幢二层的小楼，坐在右边的沙发上，温柔地看着我们，享受幸福聚拢的时刻。听我们讲述孩子们的趣事；听你讲述我们小时候的调皮，成长中的桀骜和成家后的幼稚；品评父亲摆放在房间楼道的每一盆开花不开花的植物，直到笑得前仰后合……

你走的时候，家里的老挂钟这些年来唯一的一次偷懒，停在了你离开的那一刻，我看不到它伤心的眼泪，却感受到了它的不舍和追随。你的脸庞，像婴儿般纯净透明。你的手还是那么柔软细腻，却似冰一样的凉。我用力握紧你的手，寻找每一次十指相扣的力度，因为我们的爱一直在你的掌中，可是这一次，却没有给我任何的回应。多想，用我的温度来唤醒你的沉睡，听你幸福地回应我们的呼唤，看你皱纹里翻出笑意，听孩子们甜甜地叫你姥姥，高兴地把玩放在你手心的每一个新颖的小物件。

以后的每一个夜晚，我都会把窗帘全部拉上，不让光线窥入，窗外那忧伤的月光，我觉得是你的眼睛，幽幽地看着我，让我的思念肆意蔓延；我无处躲藏的泪水，潮湿了房间的每一个角落，到处都是你的影子，你的叮咛……可是，诀别，却在清冷的月夜里，幻化成你安详地躺在那里，任我喊破喉咙地呼唤，依旧不再握紧我的手……

你不喜欢花海的绚烂，说太妩媚，太张扬；不如栽一丛竹，赏满眼绿；植一株兰，纳满腹幽；所以从小我们就没有穿过红红绿绿的衣裙，直到成年，才发现淡然已定格在我们的举手投足，如同隔壁老船长的画板，永远把我们留在江南的水墨丹青中！

发自内心地恨着上帝，恨它的无情和不公，恨它剥夺了母爱为我延续下去的幸福。深夜的疼痛，持续地发作，回想你讲过的周王朝太庙石阶前雕像的"玉人""金人"和"石人",用此来安慰我孤独的灵魂。你没有故事中人物那么伟岸,也没有那么智慧,但"金人缄口""无少言""无少事"的道理,却影响着我走过那些躁动和诱惑的风景。也许,泪涌的那个瞬间,刺破喉咙的那声呼唤,才是唯一让我宣泄的安慰……

眼前,桃林如海,你却让我翘首四季不见踪影。我在余晖中等待,相机调好的角度,只有夕阳孤独的身影……

我不敢用文字来记录你离开的每一个瞬间,因为眼睛的模糊让我无法自持,伪装的坚强时时被击垮。我把你的遗像放在了眼前,每一个动作都在征询你的意见,这是自你病后我们养成的习惯,怕你感觉到被忽视,被冷落。然而父亲无法面对你的眼神,悄悄把你的照片放到了二楼,放到了你喜欢的那对木箱子上,箱子里有你保存的老物件、老照片和你喜欢的那些小玩意,还有,你喜欢的那个水杯,妹妹每天换好热水,放在你的面前……

如今,怀念只在遗憾里徘徊,除了深深内疚临终时没能守在你的病床前,只能裁剪消逝的记忆。"知君何事泪纵横,断肠声里忆平生",直到今天我才深深理解了纳兰写下这句话时是何等的悲痛和无助。

我避开喧嚣,躲在夜幕的角落,想知道飘飞的冥币,能否找到通往九泉的路,给我蚀骨的痛,寻一个安慰的缺口。真的希望生活的节奏慢一些,记忆的烙印深一些,以便四季轮回时,让我憔悴的容颜里有一丝闪亮的光芒。如果光阴可以改道,愿这是一场梦境,许我把这场梦境交给现实,仔细打磨、雕琢,给家人一个圆满,给你留住一个健康的明天。

## 牵挂

降温了,两个妹妹都出差去了外地,我又远离家乡,不知道父亲一个人怎么度过的这几个夜晚。这样想着,拿起电话。电话那端,父亲的声音有些急促,我尽量放慢语速,以便父亲也放松下来。他一连串地说着:二妹去开订货会,今天晚上从杭州飞北京,凌晨就能到家;大妹去考察,明天从石家庄到北京,晚上也能到家了。

妹妹们匆匆往家赶,除了担心独自一人在家的父亲,还有一个原因:后天便是母亲离开我们一周年的祭日。

记忆里,家里的日子始终平和安宁,从没有过大起大落的悲伤和喜悦。姐妹们也都是互相谦恭礼让,孝贤有嘉。成家后,姐妹的孩子们也是按年龄大小排行:大哥、二哥、小妹的,和睦亲近得像我们当初。母亲的病逝,就像是女娲未曾补过的天一样,虽然有一定的心理准备,但那种从未经历的空荡和冷寂,让一家人还是感到了如坠冰洞的凛冽。为了减少父亲的伤感,母亲生前用过的东西,都放在一个固定的箱子里,然而,父亲就像母亲还在一样,经常坐在箱子旁,抚摸着箱子上母亲的照片，像母亲躺在病床上时，抚摸她的头一样。或是自言自语，又像是说给母亲听。每个月，母亲离开的那个日子，父亲都会在日历上用红笔打一个勾，然后对着那个日子说着什么。

按照习俗，每个祭日，父亲都会早早起来，把妹妹们准备好的东西检查一遍又一遍，然后打开电视，调到母亲喜欢的当地戏曲频道，听着母亲喜欢的评戏，静静地坐在沙发上，看着窗外，等着妹妹们的出现。

母亲在时，因为身体不好，晚上十二点一定吃点东西或喝点什么，父亲习惯了伺候母亲吃完喝完，慢慢说着话入睡。如今，父亲仍然要在十二点才能入睡，凌晨两点准时醒来——因为那是母亲喝水的时间。

妹妹们每晚轮流去陪父亲，每天换着花样做一日三餐，让和父亲一起退休的同事，陪他出去散心说话。然而，父亲的性格越来越孤僻，除了偶尔回到他出生的地方去看看，就是一个人闷在屋里，伺候他的那些花草，听母亲喜欢的评戏。

为排解父亲的孤独，我们姐妹几乎每天都会通过电话或网络商量解决的办法。我的腿意外受伤的第二天，和妹妹们商量，决定让父亲到我居住的城市住上一段时间，趁机让他忙碌起来，忘掉忧伤。我找到了离开十多年的父爱，每天听他讲述小时候的事；看着父亲笨拙地削水果皮；指点父亲使用电饭煲定时；怎样炒他最喜欢吃的熘肝尖；陪着父亲看电视，并通过电视里的某个情节与父亲沟通人的生老常态，告诉他过两年，我们一家人沿着京沪线，看遍苏州园林和外滩码头……看似稳定下来的父亲让我感到一种成就感，妹妹们也终于松了口气，想着就这样让父亲住下来，让他享受一下远离他多年的女儿的孝心。

然而，并不像我想象的那样，中秋节快到的前两天，父亲显得很焦躁，不停地念叨要回家，我知道这样的节日他和我们一样会想念母亲，但怎么可能让他一个人回去。儿子放假回来，特意预定了西餐厅，想让吃了一辈子中餐的父亲感受一下西餐的气氛，然而父亲却意外拿了一束火红的玫瑰，小心翼翼地放在餐桌上，我诧异地拿起花中间心形的便签，上面是父亲的毛体字：今天，我们金婚！我用刀叉不停地切割着牛排，泪水滴进铁板，发出"滋啦滋啦"的声音。我知道，父亲没有尝出牛排的味道，只是不停地摆弄着那束玫瑰，说要把它放到母亲的遗像前，母亲喜欢。

第二天中秋节，我把父亲送上回家的高铁。

以后的日子里，我们每天都要给父亲打电话，把我们的牵挂用最朴实的真情传递给他。母亲在时，每天习惯了看当地的天气预报和我所在城市的天气预报，父亲也是这样，每天叮嘱我们，该带雨具了，要降温了。

## 母亲的方式

听父亲讲，母亲嫁给他时，他们同在一家欧洲人做技术指导的金属矿上班。母亲的文静贤淑，父亲的帅气温和，成就了那个年代很时髦的词语"自由恋爱"。父母的恩爱，让我们享受到了他们的爱恋带给这个家庭的温馨和欢愉，也感受到了成长中父母的威严和坚持。

记忆里母亲的声音总是柔柔的，很少大声，但我们不听话或做错事时，母亲的眼神却威严得可怕，逼视着你，一言不发，直到你低下头承认错误。

我和姐姐性格完全相反，姐姐安静，很少受母亲责备；我却好动，坐在那心里就像长了草，并且要把草势蔓延到屋外任何一个眼光触及的地方。因为是左撇子，写字、用筷子、打算盘，没有一项能让家教甚严的老爷爷看得过眼，我家的家规：吃饭时是不能说话的，左撇子吃饭是不允许上饭桌的，更何况是这么躁动的一个女孩子。所以记忆里不知道是从什么时候才可以和家人一起坐在饭桌上吃饭的。固执地坚持着自己，不去改变，直到老爷爷去世，也是在母亲的"威逼"下，吃饭和写字才勉强用了右手，也算是对九泉下的老爷爷有个交代。却把吃相难看、字迹潦草归结于那时老爷爷的过错。

母亲根据我们性格的特点和各自的爱好，不声不响地引导着我们。80年代，当地有一所很有名气的艺校，但想去那所学习的人要经过沙里淘金似的筛选。姐姐音乐天赋很好，性格又文静，母亲认为姐姐一定能去那所学校上学。记得一有时间她就带着姐姐去拜访当地的老师。在家，母亲一有机会也便会对姐姐进行指点，从站立的姿势、眼神，手势的幅度，甚至梳辫子的头绳，母亲都会很认真地帮她分析。原来，母亲在九岁时曾因长相俊秀和嗓音柔美被市里评剧团选中，因外公外婆对"下九流"的偏见，才不允许母亲抛头露面的。姐姐的这种天赋，也是圆了母亲的一个梦。两年后，姐姐在上千人的艺校综合考试中，取得第二名。当母亲把姐姐喜欢的那把小提琴背回来的时候，我看到母亲的汗水顺着她清瘦的脸庞一直滴下来，疲惫的笑容里盛满了自豪和希望。小提琴悠扬的声音，也在那个有着大理石台阶的小院里回荡了很久很久……

姐姐上学走后，妈妈最不放心的就是上小学的我了，因为我的性格像个男孩子，经常和小伙伴一起跑到河边的芦苇丛去捡野鸭蛋，回到家里，满身满脸的泥污分不清是汗水还是河水，掉进河里还险些被冲走；会在上课钟响过后偷偷爬到学校竹竿的顶端，让老师和同学翻遍学校的角落去寻找；或者一个人在鞋尖塞上棉花，学着跳芭蕾舞的表姐的样子，躲在放杂物的屋子里跳舞……我想象得到那时母亲对如此调皮的我是多么的无奈，然而每次当我心惊胆战地等待她的训责时，母亲总是表情平静地把我拉到镜子前，看着满脸的脏污，问我：漂亮吗？我摇摇头，然后用毛巾为我擦去脏污，又问：这样呢？那时，心里的窃喜化作对母亲的愧疚。作为惩罚，母亲递给我两本书，一本是《宋氏三姐妹》，一本是《珍奇大观》，并提出两个要求：第一，看完后要向她讲述书的内容，并养成写日记的习惯，把书里的内容记在每天的日记里；第二，从秋天开

031

始养菊花，并在日记里记录菊花的成长过程和自己的感受。

宋霭龄三姐妹作为第一批出国留学的中国女性，在一定程度上影响了中国的历史进程，也影响了世界的视觉。这本书，似一扇窗子在眼前打开，我开始能安静地思索，第一次感到了"激动"这个词传递给我的感受。手心里的汗不停地渗出来，心怦怦地跳，翻来覆去地看了三遍，三姐妹端庄的仪表和满腹的学识，让我不自觉地坐直了身子，在日记本上写道：妈妈，我懂了。《珍奇大观》又从一个全新的角度为我打开了一处不同的视野，奇观异趣展示了世界的博大和奇特，让我洞悉了一个未知世界的神秘。北大西洋上史密斯船长"铁达尼"号悲壮的一幕，让我在《泰坦尼克号》公演前的十多年，已经了解了所有人面对生死抉择的恐惧和坦然，让我开始在内心铸造一艘巨大的船，避免触礁，扬帆远航。

在以后的日子里，我被母亲送给我的这些精彩吸引着，《桐柏英雄》《红楼梦》《钢铁是怎样炼成的》，认识了《红与黑》，也知道了玛·米切尔，虽然有的词和句子还不能很明白地解读，但整个故事情节带给我的震撼仍然记忆犹新。我的作文时时被老师当作范文念给同学听的时候；参加各种比赛取得名次的时候；我深深懂得了母亲微笑里蕴藏的含义，不责备的教育方式对我这样的孩子是多么的受用。现在想起来，她早在三十几年前就把卡内基人际关系的金科玉律运用到子女教育的方面，给了我们一个健康的生活环境和成长氛围，让我们感受到了成长的快乐。

母亲让我养菊花，我知道是想让花培养女孩子爱美的情结，学会欣赏美、打造美，让我懂得美带给人的视觉享受和自信。因为我生在九月，是菊花盛开的季节，母亲希望我能像菊花一样清雅、高洁，磨砺自己的韧性。我按着母亲的指点，浇水、施肥，期待着每一颗嫩芽的问候，为它凛然的长势而兴奋。花开的时候，会静静地等待花苞绽放的过程，那是一种生命的礼赞，花蕊的馨香会让我陶醉在朦胧的成就感中。花似乎有了灵性，大朵大朵地绽开，像母亲的眼神那么安详，那么清丽，每到生日前后就会竞相开放。我在日记里记录下菊花开放的日子，每年相差不到三天。这两盆花一直陪伴到我走出校门，离开家乡。我享受着菊花带给我的心动和沉静，母亲享受着我带给她的沉稳和成熟。我庆幸自己遇到一个不安于故俗的母亲，她不要求我们的未来多么辉煌悦目，只希望我们成长的路上步伐稳健，内心充实，在这个真实的世界里活得生动、具体，有足够抗拒外部压力的能力和调节内心平衡的砝码。

当我们在各自的人生轨迹上走着，母亲的呵护仍在指尖流淌。人近中年，不经意间才发现母亲的行动逐渐迟缓，笑容遍布在深深浅浅的皱纹里，疾病记载着母亲的艰辛接踵而至。不知不觉中角色开始了互换，我变成了母亲，而母亲像个孩子一样亟待我们的安抚和宽慰。那些成长的痕迹，在沸腾的血液中打转、流连。把母亲抱在怀里，告诉她要坚强；整日整夜地守在病床前，不敢闭眼，生怕哪个未知的明天，睁开眼再也看不到母亲期待的眼神。

有人说：每一次回到母亲身边，就像是一次加油，感觉从灵魂到精神都充了一次电。这话，只有被深深的母爱浸润过的人才可以发自肺腑地表白。

母亲走了，带着满足的微笑。我像希思一样，身心交瘁，崩溃到几乎垮掉。我知道再也没有雨果描述的慈爱的胳膊、甜甜的睡梦；没有循循善诱的教诲和赞许的交流。我只能用母亲的方式教育着我的孩子，以此来怀念我的母亲。我一如既往地回到故乡，回到母亲身边。我在母亲走过的每一个地方驻足，因为故乡的小河、犬吠、蛙叫、蝉鸣，都是母亲温暖的情愫，那里是我儿时记忆的储藏地，是母亲授予我动力的源泉。我知道，无论什么时候，母亲都和这些心中最原始的风景一起，期待着我的归来。

## 那片桑林

　　远看，桑林就像一本浓缩的历史书，让人能感受到世纪的叠加，还有生命与现实碰撞的惊喜。

　　过了沙土的羊肠小路，桑林就到了眼前，据说有一百多棵。远远就能闻到空气里馥郁的土壤和青草气息。让人震惊的，却不是桑树历经沧桑自然造化的形状，也不是两人才能合抱的树干，而是惊异人的"聪明智慧"竟然没有波及这里。能听到鸟叫、虫鸣，感觉到成百上千小动物，于土壤中蠕动。一切都还在有尊严地活着，还没有太多的闯入者，这里仍保持着无需克制的安静。每棵桑树都犹如一位朴素的老人，以沉默的方式向世人展示着自己的履历，在斗柄东指与西斜的间隙，兑现着自己的承诺。

　　桑林应该有很多故事，从它三百年前做了这块土地的主人开始就备足了故事的所有素材，只待一个合适的时间让故事中的角色复活。

　　两千多年前，奔腾的黄河水用泥沙做了历史的底色，两岸的树木和生灵被翻滚的波涛不断升华。无数沉寂地下的足迹尘封了一段又一段远古的岁月，古老的黄河走走停停，搜集着沿岸的呼声，拾拣着遍地的纹砖绳瓦、秦砖汉砾，历史生命的摇篮在辽远和宏阔中丰满起来。

我们应该是失散了多年的朋友，我在它身上看到了时光的影子。我们开始在它三百多年的分母上添加相遇的分子，让这分子不再孤零零地迎风而立，以相遇的温暖激活它尘封的记忆。我们尽量用更多的人数弥补着分子的单薄。它已经等了三百多年了，我们来得太晚了，那些长于我们的先人，是不是也忘了这些最具生命力的、大自然的土著居民，忘了这些隐匿于时光深处的守护者，带着历史的标签和满身的记忆，无声以待。

多么幸运，无需回忆，转身就能与它相遇。葱郁是它年轻的资本，果实摇曳在枝头，不喜不骄。被风霜侵蚀的枝干依然遒劲，凛然的表情和笃定的眼神蕴藉着朴实的智慧。它侧耳倾听着远处的声响，听着有脚步声加入到风的行列。它知道我们和它的相遇是一场冥冥之中的约定。相遇，本是两个移动的人或物，而它不是，它坚信会有人不约而至，在每一个收获的季节智慧会作导航。

我现在要做的就是努力寻找桑树的笑容，怕它忘了笑是一种习惯，是一种美好生活的体现。桑树的笑容是从三百年的褶皱中翻转出来的，苍老得让人心疼，像遗世的标本。但在初夏最生动，最迷人。此刻的五月，麦浪汹涌，那条铺满白沙的小路上，烟尘飘扬。红尘滚滚而来，洪荒的光阴笼罩上了烟火的味道。

我们来了，给往事一个复原的机会。

桑林的笑声不是树叶被风怂恿的手舞足蹈，而是桑葚果跳跃在枝叶间，看到我们双腿、双手攒足劲儿与它亲昵、仰视，多少年来还能保持同一个频率震动的喜悦，彼此没有陌生地期待和言欢。于是，在斑驳的树影中它发出恶作剧的举动。招惹一下左边的枝杈，挑逗一下右边的叶子，是自豪地告别，也是提醒所有的注意力，在它还不知道什么叫自由落体时，它已把这个优美的动作重复了几百遍。这应该是它最原始、最快乐的姿势，也是下面仰视的眼神里期盼的动作。大家屏住呼吸，等待头发、衣领、袖口、身体各个部位的触碰，然后轻轻跳离、嬉笑着跃到地上。一切声音知趣地退去，我们用原始的方式撬动了原始的笑容，所有的节奏和呼吸在这片古老的林子里都显得那么融洽和沉静。上下凝望，陌生瓦解，古老和现代忘记了揣度彼此的心思，分界线瞬间消失在互相藏匿的灵魂里。

旋律似乎还在升高，享受着一群人的聚拢，似乎还是不过瘾，干脆找个年轻的后生，猫着腰，蹭蹭几下爬到树顶，树咧着嘴，享受着舒爽，听他喊一声：准备！下面一行人赶紧扯好四五米长的一块纱窗布。上面喊"左"，下面的人左手提袋子，右手拽纱布赶紧跑向左边；上面喊"右"，这些人又跑向右边，脚步叠加，笑声回荡。果子的兴致再次被调动，雨点一样从枝叶的缝隙间欢呼雀跃而下，或者干脆躺到地下，等着你小心翼翼地捡起，吹掉粘在上面的草屑或沙土，如获至宝地捧在手心。

甘甜的触角搅乱了我们的味觉，在舌尖融化，那种熨帖的清爽，来自大自然远古的味道充满诱惑地征服着脚步、挑战着记忆。

这果子应是遵了三百多年前树前辈的遗嘱，用甘甜捍卫着它曾经存在的价值和不可替代的位置。作为后人，我们能做的只能是添加想象，以各种方式让这片桑林在与我们的和平共处中快乐生存。

这三百年的树上还是长出了褐色的乡愁，沟壑纵横。大自然留给我们的往事太少了，桑林留给我们的故事不足以支撑我们前行的步伐。林立的高楼遮挡了视线，土壤被驱赶到背井离乡，我们已习惯在回忆里想象。

想想有些自责，无论分子是几位阿拉伯数字，桑林都不会埋怨我们，在它看来无论是桑林收留了时间，还是时间接纳了我们，都是一种完美的结局。

身边的滹沱河早已消失在欸乃的号子声中，单桥上累累的车辙像两条醒目的伤疤，与残存在石壁上纤夫的绳索印相依为命。诗经村早已没有了毛公的影子，一本水泥的石书重复翻动着那一页灰色的辉煌。这些曾相依相伴的过往，早已在历史的潮汐中走散，只剩下这一片桑林孤独地守望着。

回首桑林，这是一个天然的世界，天然的岁月用美学和哲学混杂一起的大成之美诠释着一种敬畏。是"与天地合其德，与日月合其明，与四时合其序，与鬼神合其吉凶"的华育。

桑树的激情总会淡去，虽然这满树的甜蜜和葱郁还看不出它有厌世的想法，但我们已无法感知它心跳的节奏。

走出桑林，一只啄木鸟落在一棵半死的枯干上，用力啄了两下，停下来东张西望了两眼，然后毅然起身向远方飞去。

## 等结果

　　医院大厅站满了取体检报告的人，叫到名字的陆续拿着报告边看边离开了。到我时，医生目无表情地低着头："去做下病毒筛查吧！"原本想拿上报告就走的，身体已是半回转状。折回倾斜的身子，竟有点茫然。看看医生递过来的化验单，用力晃下脑袋，眨动几下眼睛，意识提醒我，眼前一切是真的。好半天才憋出一句："有什么问题吗？"

　　"化验完就知道了。"医生的语气没有变。我站在那，脑袋里一片荒芜的盐碱滩，汗也随之从脑门、手心渗出来。

　　筛查结果要十多天后才能出来。我开始进入从未有过的恐慌状态，手脚冰凉，坐立不安。

　　我不敢把这个还不能证实的消息告诉家人，更不敢想象这个结果一旦证实会是怎样的一场家庭骚动。一块石头就这么堵在心里，下不去也上不来。从网上查找有关这类病情产生的原因，可能产生的结果，最坏的几率占多少；咨询有关医生，长篇累牍地询问、叙述，几天下来，满脑子都是这件事，塞耳有声，闭目有魇，得到的回答如出一辙："等结果吧！"

内心的无助和身体的疲惫，约好似地劈头盖脑一起袭来。让我对床产生一种惧怕的恐慌，整夜整夜地失眠。从未经历过这种生命将尽的威胁，生命倒计时的钟摆声让我心烦意乱。闭上眼，会梦到另一个世界的母亲。我对着母亲流泪，哽咽到说不出话来；对着黑夜的星空流泪，我觉得星空闪烁的都是我的眼泪；对着客厅欧式的白色挂钟流泪，时间和我再也没有耳鬓厮磨的温暖。此时，不用任何东西的碰撞，我的精神和肉体已经支离破碎。

早晨蓬头垢面地起床，不再关注哪一缕头发调皮地溜出队列；不再精心伺候那些花花草草，不期望一缕芬芳能唱响我心中的梵音；不再理会书房里每本书上的灰尘，给它们自由吧，愿意跟哪本书亲近就去亲近好了。打开衣橱，和那些留有我体温的时尚对望，不知道在它们残存的记忆里还能否忆起它们曾赋予我的自信。无精打采地打卡上下班，一封封邮件被冷落在邮箱里，表格、文件和我一起心不在焉地坐在那发呆，沉默。

面对几个好友"放心吧，没事的"安慰，我知道这些安慰的效果连一片去火药的疗效都达不到，更谈不上治病了。但除了安慰，他们又能帮我做什么呢？我脸色苍白，眼神迟钝，嘴角带着苦涩和酸楚，人很快消瘦下去了。

再也不需要借助闹表唤醒太阳了。我开始对着太阳嘲笑自己。卢梭笔下那轮太阳曾是那么奢侈，"为了到花园看日出，比太阳起得要早。"如今，我每天都比太阳起得早，却没心情看一眼太阳以什么样的姿势把它的大红印章托出地平线，又以什么样的表情向大地投入火热的爱情。

这份体检报告，让我的世界乌云密布，精神雨雪交加。

雨淅淅沥沥下了一天，风搅动一地涟漪，路旁灌木丛里几朵被风雨打落的木槿花还在挣扎着做最后的绽放。家人特设的电话铃声打破凝滞的思绪，立即驱车赶回一百多公里之外的家里。街灯褪去了街道的喧嚣，离家不远处解放军254医院的牌子闪着刺眼的光，这个让人多愁善感的夜晚，我用夜色隐藏起心事，在ICU的病房外等待着孩子爷爷的消息。

儿子扶着奶奶坐在椅子上，八十岁的老人，从医生岗位退下来，又做了二十五年爷爷的家庭医生，对爷爷的心脏、血压、血糖了如指掌。此刻淡定地讲述着爷爷心脏病发作的情况。和每次犯病一样，奶奶在家用药给爷爷调理，如果四十分钟不能恢复，再拨打120。从来不愿影响我们的工作，总是在病情稍作稳定时再打电话给我们报一下平安。

这次，爷爷的心电图呈现陡峭的锯齿状，年轻的值班医生从未见过这种心电图，歉意地看着奶奶：应该是心电图没做好，重做一次吧！奶奶干裂的嘴唇勉强挤出一丝笑意：这应该是房扑。久经临床的老院长证实了爷爷这次犯病的厉害。奶奶说："年纪大了，我们已经做好了一次比一次厉害的准备。"

泪水不需要发号施令，也不作为剧情转移的媒介。内心的祈祷总是在不知不觉中双手合十。

三天过去了，生命的坚强总能在意想不到中出现奇迹。第四天，护士笑着告诉我们：爷爷闹着要出院了。爷爷是自己从ICU病房走到普通病房的。

晚饭后，爷爷感觉不错，要求去楼下走走。霓虹、花圃、轮椅和两位八十岁的老人，祥和与幸福在医院交织成一幅别样温馨的画面。奶奶说，我们三代人一起看夜景的日子不是很多了，总有一天，那个猝不及防的日子会如期而至，该走的、该来的都会遵循着一个规律。从现在开始我们都要做好准备，不要等那一天来临时，心里裂开不能愈合的伤口，把自己伤得太重，太深。

奶奶接着说："你看这254医院，原为天津大买办孙仲英的花园，占地三万亩，光绪二十九年建成，多气魄呀！后来被大军阀曹锟以重金买走，成了远近闻名的曹家小姐的花园。小时候，我们最喜欢的就是来这看花。"

曾经的辉煌，几经时间的打磨，和离开的人一样变得抽象和安静，我们的耳畔还能听到昔日的歌舞和喧嚣，但一切都在记忆里了。

忽然觉得，奶奶才是一位伟大的哲学家，普通的生活，普通的经历，却活出了常人无法比拟的坚强和淡定。生活就像这花园，时间会随时随地把一切繁华和冷清推送到时光的路口，由另一种繁华或冷清接管。不管是翘楚还是平庸，光环还是阴影，当一个结局出现，都是生命的一个完美谢幕，你只需平衡好失重的心，少些过度的思量，像朱成玉说的，"太阳的隐去，我理解为它正藏起最后的一块黄金，去兑换整个夜晚的白银"。

去医院拿结果的路上，忽然一下子轻松起来，无论生命之重还是之轻，人体内那二十一克灵魂的重量，是每个人世间全部爱的重量。生命本身就是一场猝不及防的约定，那就按照与上帝的约定，用淡定、从容接管余下的所有日子吧！

## 与壁虎纠缠

可能因为房子在市郊，人烟稀少的缘故，每天晚上，书房的灯一亮，壁虎就会准时爬到窗户的玻璃上，它在外，我在内。它的位置总是处于花瓶和白色海螺的风铃之间。我坐在椅子上，无需转身，歪一下头，就能与它对望。它的皮肤是鳞状的，疙疙瘩瘩（只是感觉）；后背是灰色，干涩褶皱；眼小且暗淡，既看不到欣喜，也看不到哀怨，支撑着身体的四只脚却显得那么突兀。再加上小时候有被同学把壁虎放进书包吓哭的经历，不管怎么看它，都找不出一丝让我喜欢的地方，并且还会想到癞蛤蟆、臭虫、水蛭这些多年不曾触及的东西。这可能也是很少有人为壁虎浪费笔墨的原因吧。看到它，总能勾起我对一幅姣好容貌的期盼。它每天的准时，成了我走进书房的一个困扰。

我尽量不去看它，并在内心安慰自己：它可能和我一样在欣赏那束紫色的勿忘我吧。勿忘我插在奶白色的欧式花瓶中，风干的紫色花瓣，干净，剔透。抬眼望去，让人想到清辉映玉、媚对娇花这样的词语。或者是那个海螺做的风铃吸引了它，期待与它的互动。却好奇那群来自另一个世界的爬行动物,像风干的勿忘我一样,聚集在这里,机械地重复着一个呆滞的眼神,一个被风怂恿着摇摆或静止的动作!

　　书房是搬了家以后才有的,按照自己的设想,腾出了一间卧室,做了满墙的书架,用喜欢的白色为主色调,灰色为辅色。书桌也是用了两个月的时间让人定做的,和书架一样是灰白相间。椅子除了能拉伸转动之外,还配了一个同色系的脚凳,累了困了把椅子拉伸就可以躺下休息一会儿,也可以看着窗外的星星月亮想入非非,脚也能有很舒适的待遇。书房的装修着实费了我一番心思,我也希望能好好享受下独享书房的日子。

　　只是晚上的不速之客,时常在我思路很清晰的情况下,搅得我不知所措。有时会对着书架每个格子里的书发呆,感觉它会随时从哪一本书里爬出来,书桌上、椅子上、地板上,甚者手上、身上……一想到这些,浑身的毛孔就无限扩张,坐立不安。只好把窗帘全部拉下,用掩耳盗铃的办法让自己拥有片刻的安宁。却忍不住又从窗帘的缝隙间偷窥一眼,确定它是否真的离开了窗户,但结果总是它无动于衷地钉在那,我无可奈何地离开。你若驱赶它,它就会退到窗框的边缘,你看不到的地方,等你不再挥舞手里的东西,它又在你不注意的瞬间悄无声息地回到原来的地方。

　　满眼都是它疙疙瘩瘩的丑陋样子,一次睡梦里竟梦见它爬到了床上,惊了一身冷汗之后睡意全无,起身推开书房的门,发现壁虎真的不在窗户上,又赶紧跑回卧室,把床上的床单被褥一股脑扔到外边。

　　和朋友说起此事时,朋友调笑说:你家的壁虎真是聪明,运用了"敌进我退,敌驻我扰"和你周旋,它用的是游击战术,白天休息,晚上出动,你的作息和它正相反,可得小心了,还是看看毛主席的《论持久战》吧。

　　终于被它搅得精疲力尽,干脆,什么都不干了,专心致志寻找对付壁虎的办法。

听人说：在墙角放鸡蛋皮会有效果，于是打了四只鸡蛋，捣碎鸡蛋皮，摘掉纱窗，把鸡蛋皮放到窗外的墙角，只等着晚上从玻璃窗上只看月亮不见壁虎，结果连月亮都感到了失落；又有人说，壁虎是吃蚊子的，想让它离开，就要少放花花草草的，我赶紧把薰衣草花瓶拿走。也有人说可以涂洒甲酚皂溶液，结果弄得进书房像进了医院卫生间一样，只好把客厅的喷香机拿到书房，没想到片刻安宁却需要壁虎的恩赐了。

和壁虎的纠缠以失败告终，我决定也运用下"敌进我退"的战术。朋友帮我把整个玻璃涂满了祖传的"粘鼠剂"后，撂下一句话：粘不死它也得掉两节尾巴。

我搬回了老房！

在老房的日子，壁虎的影子还是难于消除，半夜睡不着，白天无精打采，我怀疑我得了抑郁症或其他病。开始去医院做各项检查，拿着各种无异常的检查报告，郁闷到了极点。

一位心理咨询师朋友来看我，我们在月下喝茶，看星星。星空像久违的朋友，我忘记我有多久没看过星星了。抬头是浩渺无垠，远处是霓虹次第，豁然间，我第一次感到没有五官、没有生命体征的一些现象让我如此痛快地呼吸，酣畅地放松。谈到这件事，朋友笑笑说：你喜欢夜晚的星空，无非是喜欢它的浩瀚和深邃，喜欢那些能带给你欢愉和灵感的瞬间，没有伤害和怨怼，此时你是用认可的心态付诸了接纳。其实还有很多我们看不见或不喜欢的东西，为了生存，它们有意或无意地伤害，在同样有限的时间里小心翼翼地经营着自己的生活。上天安排我们白天工作，晚上休息，就是因为白天我们看了大量喜欢的不喜欢的信息，为了减少内心的负荷，需要晚上让黑夜来放过那些不喜欢的不美善的，还自己一份宁静，为第二天储备继续的能量。

朋友的话让我想起哈里·埃默生博士关于森林之王的故事。

在科罗拉多河畔山坡上有一棵大树,已有四百多年的历史。当哥伦布在圣萨尔瓦多登陆时它已存在。在漫长的四个多世纪里,它曾先后遭受过十四次雷电的袭击,无数次的雪崩,仍巍然耸立。可是在一群很不起眼的昆虫到来后,它却倒下了!这些昆虫穿透它的树皮蛀空它的树心,用它们微弱的、然而不间断的进攻最终彻底瓦解了它的战斗力。一株参天巨树,一株几百年来雷电劈不死、飓风刮不倒、任何东西摧毁不了的巨树,终于被一群小得可怜的、我们用手指头轻轻一压就会成烂泥的虫子征服了。

之后,我回到书房,把勿忘我和风铃放回原地,拉开窗帘,敞开窗户,让夜晚的安详轻轻飘进。漫天的星光一览无遗地映在窗前。

我又看到了那只壁虎,慢慢走近,却发现它根本就没注意我,而是全神贯注地盯着我书架上那一摞摞的书。

## 散步的路口

　　这个初秋，突然迷恋上早晨散步的路口。一个十字路口，一个乡村与城市的交界点。

　　出门左拐，一百米左右。红灯七十秒，绿灯七十秒，黄灯三秒。每天早晨散步，都会在东北角的象形石上坐上一会儿，路口的灯按红绿黄顺序重复几遍后离开。红灯时，急急的车流、人流随着车轮和地面的摩擦声戛然而止，车不熄火，人不下车，在限定的范围内彼此对望七十秒；绿灯时，像赛场上选手听到发令枪的号令，松离合，踩油门，一跃而出，迅速消失在车流中。

　　久了，觉得路口像两副交叉的扁担，承担着使命奔向南北西东。向南几公里，是石黄高速入口。向北，两分钟就可开启京沪高速的旅途。向西，走进村庄和田野巷陌，就能怀念懵懂无知、但回不去的时光。一直向东，就可以走进繁华，分享城市的繁华和喧嚣。

　　不知道这个路口有过什么往事，往西看时，总有童年记忆袭来。是那些作为导言的田地里金黄与油绿引出的篇章。村落里偶尔的鸡鸣犬吠；

几缕炊烟舞动着曼妙的身段；古槐街道边小商贩叫卖瓜果梨桃和鸡蛋馒头。不远的地方，有一座石桥，原名登瀛桥，距今已有四百多年的历史，横跨在滹沱河故道。坐下来，和桥上的石猴、石狮、石麒麟对视片刻，抚摸着那些被岁月侵蚀的痕迹，感受着它不能言说的疼痛。这时，外婆讲的神话传说、寓言故事，又来到了眼前。一群孩子用石子投进近乎干涸的河水，看着水面溅起的涟漪欢呼雀跃，笑靥如花。

青苔在凹凸的车辙中拼命抽着绿意，静静的老桥被时光的味道重重包围。离开孩子们的笑声，凝视着石桥慢慢走着，石桥深邃成水的模样。眼前的孩子，像我一样，笑着笑着，就长大了。也像我一个样子，笑容变成了深邃的眼神。

也曾从路口向南，到离这个城市最近的海边，看海浪涌起细沙拍打着海岸的壮观。伸出的双手内，掌心落满沁心的叮咛。抬眼，花丛掩映中的"逸夫楼"被太阳镀上一层金色的光环。一园的蔷薇恣意地绽放，娇嫩的花瓣上流动着鲜亮的色彩，霎时明快。这时有脚步声铿锵响起，是由自己脚底发出。于是，眼角眉梢的自信绘成一幅画面，挂在心间，等待风起的日子，掀开一页页的美好。

向北，是指南针不朽的追求。似乎可以触摸到最后一个王朝的气息，会使人血液沸腾。每一条街道，每一个胡同，像是那个王朝的脉搏，又似每个时代的文库。一位位思想家、政治家、作家、画家，推开四合院精致的宅门，带着时代的气息，在夕阳柔美的余晖中缓缓走来。走向那座文化的殿堂，走向老槐树下扯闲篇儿的老人……

向北，成了一种诱惑。

路有些狭窄，左拐右拐蜿蜒而去。两旁已成了秋天，花鸟还在喧腾，树木却有了雅致。经历一个夏天的繁茂，却感觉不到它的唐突，无论视觉还是听觉，都给你沉甸甸的神秘和淡定。时间，以各种符号出现在我的视野；记忆，没有权利责怪你，回响过五个朝代战鼓的土地上，是不是应该留下点自己的声响?

回头向东,能看到太阳冲出天际线扫荡黑夜和雾霾的雄浑。闲散的花草、灌木,既无葱茏的庄严,也无凋谢的慌乱,恬静、安然地生发。远处高耸的塔吊,上上下下,鳞次栉比间,寻找着一种突破与挑战。时间不再负有使命,只需跳上路边的汽车,或站或立,看着田野与楼群的交替。回到城里,看一场热闹的电影,听一曲怀旧的老歌。或者避开喧嚷,约上三两好友,或诗文佐酒,或对月成趣。

"上帝创造了乡村,人类创造了城市。"英国诗人库柏好像专门为这个路口写下这句诗。我看不到上帝的影子,只看到一种努力的形态和时间的延续。有人说农村是城市的原乡,在这,有一段时光在路口思忖,然后出发。

绿灯亮起,像村庄充满希望的春天。周围是满天飞舞的、来不及细细品味的嫩绿和鲜活的气息。"春,黄浅而芽,浅绿而媚"。留恋着,回味着,渐渐升腾起蓬勃的渴望。湛蓝的天空下、大道上,渐行渐远的,是两旁挺拔的树木和坚定的身影。他们在回不去的原乡拥有了一双腾飞的翅膀,博弈翱翔,把自身故事深处的情节,铺在走过的路上,是一种提醒,也是一种慰藉,更是自己的春夏秋冬的风景。

人群在路口集结,日子在时光里沉淀。清晨,我还是喜欢来到这个路口,有时从东走到西,有时从南仰望北。看时间在液晶屏上屏息待动,看人群各奔东西。我还是喜欢坐在象形石上,看着路口的灯按红绿黄的顺序重复几遍,红灯七十秒,绿灯七十秒,黄灯三秒……

## 穿透时间的记忆

那天晚上,脚步声从天上传来。由远及近,时急时缓。母亲说,这雨,是我的性格。

哭声,响亮、清脆。是我对这个世界问候的方式。雨却被吓到了,半天不敢出声。就这样,名字里有了水汽,性格里有了雨声。

我哭着,母亲却笑了。这个疑问在心里长成了茧子。却发现,哭是俘虏母亲的武器,也是相聚与离别搅动内心的表现。

那时,像一个刚会爬行的小动物,母亲是我的世界,除了望着头顶那个绿色的玩具,就是随着母亲的身影蠕动。母亲的身影画出一圈天际线,而我趴在圆点,半径是我的视线到母亲的距离。我用哭声诉说着饥渴冷热,用哭声寻找母亲的怀抱,也用哭声固定着母亲的眼神。

周晓枫在《墓衣》中的女主人说:我一直觉得上帝用一只眼睛照看芸芸众生,用另外一只眼睛专门来照顾我。如此的宠爱,让她骄傲万分。而我却想说,母亲,两只眼都在照顾我,比上帝要伟大。由此,母亲成了我幼小记忆中最丰满的内存。白天的太阳,夜晚的星星,还有那些花儿、鸟儿，至今还保留着嫉妒的眼神。

　　我和窗外的小树苗一样高了。背起书包的日子，母亲迎着微笑的太阳，挥挥手，我用眼神祈求陪伴，母亲说，放学时，我去接你。从此，炊烟成了黄昏最美的风景，飘过母亲的肩头到达我的头顶，而母亲和我的距离成了一条直线，这头是母亲，那头是学校。

　　跌倒了，自己爬起来，母亲说得轻描淡写。我却在雨中的水洼里哭得昏天黑地，而母亲只是远远地伸出一只手。

　　左手的大拇指，在记忆掀动那一天的日历时，还会不自觉地疼几下。竹竿做成的跷跷板，这头翘起时，那头会落下；那头翘起时，大拇指已血肉模糊。哭，是唯一寻找母亲和转移疼痛的方法，母亲的眼泪大颗大颗地滴到我的脸上，我怔怔地望着母亲，忘记了哭泣。

　　左撇子究竟是缺陷还是天才，祖祖辈辈都没人去研究，但打击却是普遍现象。写字、拿筷子，所有拿到手里的东西，跟左手过分的亲昵，就是祖爷爷眼里的大逆不道。饭桌，分两个，一个是祖爷爷的大桌，右手挥动着他的威严；一个是左撇子的我，木板凳是饭桌，小马扎是凳子。母亲在耳边说，把写字和吃饭改过来吧。倔强的泪水滴到左手上，像是对它的道歉。

　　记忆是一座城，任由怎样扩张侵占，都不会掠夺记忆的内存。清理和删除键，不适合在亲情中使用。我带着这些内存，走出了母亲的视线。

　　吉普车抛锚在海滨公路上。母亲的身影和家乡的一切，被搁浅在深秋的雨中。那条从家乡延伸出去的路，拉长了我和母亲的距离，线段沿着天际线的方向延伸下去。

　　从此，"长大"不只是两个字，而是一个故事接着一个故事，一座城市连着一座城市。在故事里，我需要辨别路径；在城市里，我需要把握方向，甚至重新调整呼吸的频率。我知道，离开母亲的视线，我要独自迎接每一个风山雨径的旅程。

上天对人的挑战其实也没有新意，比如发烧，就是一座新城对一个新人水土不服司空见惯的礼仪。但不会作为我"权且罢兵"的理由。看着一滴滴液体流入体内，忽然很想念母亲。霓虹灯为城市披上了一夜的金缕玉衣，星星开始窃窃私语，月亮依旧雍容娴静，路的尽头闪烁着神秘的光明。应该给母亲写封信了，告诉她，我很好。

仓库里只有钢板，一张张，高过头顶，表情冷峻，像老板的脸。长度、厚度、宽度，未知数；梦中也从未和这些冰冷的家伙打过招呼。老板的声音像从这些钢板的缝隙间挤出来，会用算盘吗？把这些钢板换算成吨，每天的出库、入库，以吨的方式报送我。身后的小会计忧心忡忡地看着我。文字对于我，就像是一件美丽的裙子，而数字，只不过是裙角点缀的十个花瓣。而今，我要换掉漂亮的裙子，为那几个阿拉伯数字投以青睐的目光，着实地不情愿。

太阳都急红了脸，火急火燎地看着我，我考虑再三：休假一天！

仅有的两家书店搜了个遍，所有的售货员也问了个遍，一天的奔波没有任何结果。我如此用心，这书会心安理得地躺在角落睡大觉吗？我一屁股坐在台阶上，当初的那点决心也被疲惫一起扔到台阶上。正在关门的售货员看看我，推开关了一半的门，从角落里拿出几本被灰尘蚕食的书。我感到了劫后余生般的奇迹！新华书店的伟大就是连灰尘里都藏着知识。我告诉母亲，我用一晚上的时间学会了用0、1、2、3做加减法，来计算四位数乘法和除法，并且是用算盘。多年后，老板还记得请我们看话剧，我从开始睡到剧终的情景，他却不知道，母亲一直陪伴在我的梦境里。

母亲说，生活是有褶皱的，它需要储备一些时间，藏起一些东西。我不理解。去上海，只为看一眼张爱玲笔下"在梦中打了个盹，做了个不近情理梦"的地方。终于明白了母亲的"褶皱观"。它像严冬御寒的皮衣，夏季遮淋的雨具，禁得起时间的打磨，路才会走得稳妥、踏实。

母亲与我的线不断加长，踮起脚尖都望不到彼此。我学会了筑自己的风景，装饰自己的心情。就在这风景与心情日益完整时，母亲毫无防备地妥协给时间，把我像道具一样卸下，让我乱了阵脚，再无法进入角色。我怎么都想不通，母亲是这个家庭的总导演，我们按她的分工，上演着一幕幕和谐剧，很投入，很融洽，突然，母亲松开了手，未经大家同意就把剧本画上一个大大的句号。我唯一能做的，就是一遍遍抚摸母亲留下的东西，保留母亲浸染我的习惯。我用习惯诱惑着时间，怕她被一路上太多的忘忧草吸引了目光，失去我最后用于取暖的东西。

我坚信，记忆会穿透时间，在各自不同的世界牢记我们的缘分。

第二辑　远足篇

## 我叫它时光墙
### ——老虎头山记事

  本来吃过午饭小憩一下,要登老虎头山主峰的。可还没到约定的时间,天就下起了雨。护山人老牛说,山中的雨说下就下,一会儿便会停的。这话落地还没十分钟,雨果然停了,但主峰还是不能登了。老虎头山是太行山脉一座尚未开发的原生态大山,上山的路,便是雨水下山的路。

  看到我们的失落,老牛便提议带我们去一个叫"桃花界"的地方。这个有着空灵名字的地方,其实是一个只有十九户人家的小山村,坐落在海拔一千六百米的山腰,近似与世隔绝。据说,桃花界除了那棵形状奇异的古柏,千年来一直翘望在村口,并没有什么传奇,只是作为山西与河北两个省的界村而已。雨后的桃花界,静寂得像一幅山水画。坡上坡下,散落着三三两两的人家。偶有年迈的老人挂着拐杖坐在自家门前的石阶上。老人告诉我们,这个村子砖石房后木结构的老屋已经二百多年了。难怪那些不太明显的现代气息,在古老的石墙中显得那么有气无力。

走在弯弯曲曲的石板路上,一行人犹如一串省略号,与被惊扰起的狗叫声或偶尔打开的屋门,改变着画面中那些有待思考的留白,变换着墨的深浅。村后的山腰,一些不知名的小草小花,聚拢在连绵的山中,在原始的白桦林中露出笑容,不娇不媚。应该说是那种千年来未曾改变的微笑吧。也许习惯了与大山无语的对视,我们虽然蹑手蹑脚,可是摇曳的风还是多了些许矜持与羞涩。被微风扑打到的小草小花,更加惊艳动人,以至相机手机的快门密得如刚才的雨点儿。小草小花的倩影,互动着古屋,记录下这些古老与现代交集的欢欣。

越往深处走,越有一种穿越感。似乎走进了一座城池,平时都在每个人心灵深处封藏着的。城池里似乎与桃花界一样的风景,宁静中,暗藏着一种无法触及的渴望,一旦目光相撞或心被震慑,那种美好或柔软就会形成管涌,汨汨而出。这样想着,在前后两栋青砖的房子中间,一座矮石墙跳入眼帘,石墙缝隙的泥土,长期被雨水冲刷和风化,几乎荡然无存,代之的是一簇簇淡紫色的花朵,大了多了,便成就了一堵花石墙,石头反而成了缝隙,斑驳的痕迹依稀可见。不知道这些花朵的名字,也从未见过它们,如果没有约我而来的文友,没有老牛,今生也许与她无缘。那么小,却那么静笃地绽放着,不经意,就会错过了和她的相视,走近了,才发现,她的淡淡的紫隐藏着丰厚的白色底蕴,干净中透着雅致和清绝。最惊奇的是她的根,从石头缝隙中仅有的泥土中钻出来,又把泥土完全藏匿在自己身下,坚毅、淡然的样子让人想去亲近她,抚摸她。我久久凝视着她,想知道近似无土的环境下她的美源于何处,是什么让她如此娇嫩,又如此顽强淡定。小心翼翼地贴近它稚嫩的花瓣,却发现,这些娇嫩的生命,长满了针刺一样的东西,凛然不可侵犯。一种光阴的味道,突然涌满了心田,如同沧桑中走来了一位娇小的女子,那么柔弱,却懂得自持和把握,懂得选择和坚守,把内心的纯净和期盼不慌不忙地收藏起来,安静地等待着,等待着,哪怕千年。也要等来那个能解读花语的人,视若生命的珍惜会在怎样的邂逅中打破这时空的沉默,来一场惊心动魄的拥有。

雨后的太阳,似乎也穿越了千年的时空,一如既往地投影在这面墙上。站在一块石头上,我才注意到,墙内正蓬蓬勃勃地生长着一种植物。据老牛说,这种植物,就是上古时代人们结绳记事时用的。

忽然觉得,这面墙便是一把打开时空的钥匙,它衔接着八千年中华文明的中枢。而墙上的小花,似乎为了向能解花语的人传达信息,带着身后八千年的痴望,静守在那里。我在想,她的等待,是对八千年的守候还是另一种期待呢?沉默过后,我招呼大家以这面墙为背景,合了一张影。张小娴说过:哪怕和春天有过一场私奔,这场盛大,也让它悄然隆重地隐蔽吧!

次日,在虎头山的顶峰,我突然又想起了这张照片,并为它起了一个名字:时光墙。我应该感谢老牛,是他让我有了这种奇遇或难以忘怀的记忆。

是的,我叫它时光墙。时光流转,桃花界的时光墙,留给了我太多的思考和期待,再过经年,我们还会有缘在这里相遇吗?如果有,我定会用想象填满你的缺憾,倾听你一场轰轰烈烈的倾诉。

# 睿智杭州
## ——江南纪事之一

有人说，杭州是绿色的；也有人说，杭州是彩色的。再次来到杭州，感觉单纯用颜色来形容杭州太过简单。色彩中的杭州，应该是画家即兴一涂，游人无意一眺。当你带着诗人的情怀、画家的逸兴和游人的欣喜融入杭州，"浪漫、精致、睿智"才是送给她最知音的叫法。

杭州浪漫，源于此诞生了太多的爱情故事。以至时间越枯萎，爱情醇露越醉意涌动。杭州之灵魂，自然是西湖。或许上天为体惜苏翁的辛苦，点化出这多情的一湖涟漪。多年来，西湖一如俏丽的少女，含情脉脉地梳理着自己的情怀。无论清风摇荡的初春，还是绿荷环绕的仲夏，都以一种清丽期待着那场刻骨铭心的爱恋，给恬静的杭州增添了绮幻的神韵。

以砖砌之身苦苦支撑了四百年的雷峰塔，终于告别了它满目苍夷的形骸，像位鸡皮鹤发的老者，如释重负地倒下了。想必白娘子和许仙早就同撑那柄油纸伞，无数次相拥在雨中的断桥，回味着当年那段浪漫的邂逅；双飞的蝶儿已在庄子的梦幻中破蛹而出，那缠绵的音符带着不竭的希冀，久久回荡在西湖的上空。西泠桥畔，"桃花流水杳然去，油壁香车不再逢"的叹息还在时时传来，如今，笙歌画舫仍在，风华绝代的佳人可曾寻到携手之人。

聪明的杭州人，把爱的情愫酿在西湖里，在随处飘溢的香径中传达着低婉深绵。随便走进西湖边任意一家酒吧或茶吧，时尚氤氲，温馨遍布每一个落座，尽管安静地享受"你在便是晴天"的安好。

刘·华莱士说过，"美，在凝视者的眼睛里。"西湖之美，无需凝视，只一眼，便会喜欢上她。细想，其原因应该是她美中蕴藏的那份精致。一个人是否精致，首先要看服饰妆容。一个城市的精致，自然就是环境的整洁。走在杭州的街道上就会产生一种欲望：沿着每一片延伸的绿色，静静地阅读这个城市，把自己深藏了一冬的暧昧，悄悄地倾泻在这一路的遇见。没有喧嚣和张扬，没有浮躁和懈怠，有的只是大都市难于寻觅的宁静和悠闲。

杭州少了北方城市的尘沙和雾霾，少了北方人的戾气和奔忙。所到之处，巧夺天工的修葺会让人惊叹和折服。鲜亮的草丛、繁茂的花圃、馥郁的桂树、挺拔高峻的银杏、红白相间的夹竹桃，再加上随处可见的清浅的溪水，置身其中，不自觉地挺直身形，拽平衣角，已达到和环境的默契和匹配。

杭州自古少于战争，加上贸易的繁荣，富足、和平赐予了杭州人张弛有度的心态和平和谦恭的性情。她能容纳天南地北人，吃在杭州，住在杭州，却不以自己是杭州人而高高在上。随处可见的警察，不管你问了几条街、几条路，总会不厌其烦地夹杂着手势为你指点迷津。

杭州人的丝绸情结无以伦比，无论坐车去哪里，导游一定会用绝好的口才，告诉你丝织品带给你的与众不同的气质和人脉，以及自信的享受。便有了一种冲动：穿上一件丝质的长裙，长发高绾，扭动腰肢，轻移莲步，行走在宋都御街的青石板路上……

丝绸柔软美丽的特性，让它自古就有了高贵的身份和显赫的地位，也是古代帝王们的至爱。"看朱成碧思纷纷，憔悴支离为忆君。不信比来长下泪，开箱验取石榴裙。"这首诗，表明了女皇武则天对丝织品的钟爱。1981年，在地下沉睡了1113年的法门寺地宫重现人间时，其中就有武则天非常钟情的红色石榴裙。而今，辛苦了千年的蚕农终于不仅穿上了自己制作的丝织品，也穿上了不输于帝王的那份自信与华丽，连同美丽的西湖一起展现给世人。也有机会让每一位游客把杭州的旗袍和蚕丝被带到全世界，让世界感知杭州的精致和博大。

离开杭州时，总是回味"西溪，且留下"这句广告语。或许想找个借口，挽留那种浪漫和精致吧。"未能抛得杭州去，一半勾留是此湖"，为了守住老祖宗留下的这份珍贵遗产并发扬光大，睿智的杭州人没有躺在历史赋予的财富中自享其乐，在各地旅游景点靠大涨门票赚取钞票的时候，杭州的西湖不但一如既往地免费进入，还热情地为你介绍独一无二的"楼外楼"；免费品尝西湖龙井；免费试用桂花香水……往小了想，西湖真傻；往大了想，西湖睿智。西湖就是一把大紫砂壶，沿着国际航线，斟出一绳龙井，独有的清爽滋润着世界的喉咙。还有那印在纽约帝国大厦的旅游观光车上的"三潭印月"；在东京、柏林的街道上，穿着传统旗袍的女子和蓝花布衣的采茶女微笑着。都是杭州的智慧。

"风物长宜放眼量"，因为西湖，因为丝绸，因为宋都御街，因为西湖龙井，因为中国有个从宋朝走来的城市，杭州人用自信让世界的脚步在此停留，让全球的眼眸在此聚焦，是杭州人庆幸有了一个西湖，还是西湖庆幸落户在杭州，这应该是当下一个值得深思的课题。

## 且停绍兴
——江南纪事之二

上学时喜欢绍兴，是因为沈园那首家喻户晓的《钗头凤》。用曾经懵懂的思维，无数次想象陆游和唐婉，他们是用何等的心痛和绝望才写下这千古绝唱。第一次苏杭之行，刚看着乌篷船吱扭吱扭划过眼前，又迫不及待地来到沈园。清晨的大雨似乎想冲刷掉我的激动，任凭我打着伞，浑身发抖地在雨中站了一个小时，仍然大门紧闭。一位好心的老人告诉我：别等了，雨太大了，今天不会开门了。

悻悻而归的我从此有了一个绍兴情结，凡是和绍兴有关的历史就会多看几眼，凡是绍兴名人就会多查一遍。慢慢发现，绍兴，何止一首《钗头凤》牵着我的神经。这座拥有八千年历史的文化古城，有着那么多优秀的人才和厚重的历史背景。鲁迅、蔡元培、周恩来、秋瑾、兰亭、徐渭、若溪……这座城市以鼎盛的文风誉满天下，无数次梦中的江南，都是她水墨如烟的样子。

这次，越过杭州，把绍兴作为第一站。老天终于眷顾，给了我一个多云的天气。一脚踏入鲁迅故居，最想做的一件事就是：闭上眼，深深地吸一口气，让每一根发丝，每一个细胞都浸染在这浓浓的墨香中。睁开眼，一幅巨大的水墨画定格在先生袅袅升腾的烟雾中，一条长长的青石街伸展开去，两旁古香古色的乌瓦粉墙似乎在诉说着什么。知识不能用金钱衡量，去看先生，是免费的，人人可凭身份证进入，这应该是先生最感欣慰的。故居周围有黄酒的香味弥漫，还有油炸臭豆腐。孔乙己茴香豆作为绍兴特产，吸引着来来往往的游客。这些好像是先生文字幻化出来的，那场景，那人物——出场，就连吐出来的雾气都不差分毫。百草园里光滑的石井栏还在，高大的皂角树也绿意浓浓。站在菜畦旁，看着那段矮泥墙，想象着先生爬到花坛上折腊梅，捉苍蝇喂蚂蚁的情景，似乎听到了私塾先生的呐喊：人都去哪了？

　　穿过桂明堂，来到先生卧室。这里清晰地记载着先生十三岁时，祖父因科场贿赂案下狱，父亲周伯宜一病不起，从此家道中落，饱受世态炎凉。十八岁那年，先生毅然"走异路，逃异地，去寻求别样的人生"。就因童年的家庭变故，让先生看到了上层社会的堕落和丑恶，对先生的思想产生了极大影响，从而走上了寻求真理之路。

　　先生鲜为人知的母亲鲁瑞，性格和善坚毅，她培养的三个儿子被现代文坛称为"周氏三杰"。三弟周作人，虽然选择背离先生甚至国人，但他们的笔触胜过千军万马，引来了文坛的一个新时代。无论是周作人的苦雨斋，还是苦茶庵，都不离苦，也许是借这载沉载浮的一枚叶子，来隐喻他半明半暗的一生吧。他的这一声长长的叹息，被滚烫的开水稀释得早已淡然无味，却足以警醒后人的脚步。

　　先生的点滴继续在脑海汇集，可转眼已踏进了书圣王羲之故里。古式台门、里弄小巷、石桥流水，斑驳的阳光照进来，好像穿越到另一个时空：探花桥、题扇桥、墨池、戒珠寺……晋朝走来的书圣，一池墨水，一杆轻毫，挥洒着一种笔走龙蛇的飘逸，记录着一种墨润于心的坚持。

怀着一种崇敬，走进兰亭，似乎越王的兰花还在幽雅地绽放，而那圆润的"鹅池"，那浑厚的"太"字，静默于翠柏古亭中，愈发凝练深沉。谁又怀疑那一池墨水渲染了时空，怎能不浸透了情怀。

最不解书圣五个儿子的名字，谁又能洞悉王右军当年是何种偏爱，让一家人不分老幼以"之"字传承呢？为了这个"之"字，煞费苦心。有人说也许"之"是当时精英的标志和荣耀的体现，也有人说是王羲之偏爱此字，这两种理由都有说服力。真正的原因，我想应该在王羲之父亲身上，父亲王旷是个忠实的天师道教徒，"之"字不是名字的一部分，而是道教徒身份的标志。

中国文化的博大和渊源，可追究到每一个字，每一幅画。久久踯躅在兰亭，试问每一只灵鹅可解读右军的偏爱？虽然康熙爷御笔留下的这个"兰"字缺尾，"亭"字缺头，但仍看出他是留恋这"兰亭曲水擅风流，移宴向清秋"的场景。多少次和朋友们有过这"曲水流觞"的游戏，不是在流觞的发源地，不是坐在这"之"字形流水前。如今，择石而坐，没有酒，没有"祓禊"（fu xi）的仪式，没有"鼠须笔"，没有举世闻名的《兰亭集序》，有的只是那种惬意，那种"幽源散流，玄风吐芳"的感受。

"一管擎天笔，千秋誓墓文"。何止兰亭，从春秋到秦汉，从明清到辛亥，从政治家到诗人，从教育家到领袖，有哪一座城市像绍兴这般优秀？"鉴湖越台名士乡"，毛泽东一语中的。绍兴，以她丰富的人文景观和独特的古越风情，编纂着这座城市灿烂的历史篇章。绍兴人的聪明才智，从那些在政治舞台上活跃了四五百年的师爷就能看出，"品为尤要"。绍兴人不远千里入都为胥，其不恋乡土、苛细精干、善治暗牍，才是优秀的根基。

清代著名戏曲家、大文人李渔在家乡浙江兰溪建了一座亭子，取名"且停亭"。并拟了一副对联：名乎利乎道路奔波休碌碌；来者往者溪山清静且停停。于丹曾把"停一停"进行了透彻的分析，是让我们充充电，歇歇脚，静静心，回头看一看起点，望一望终点，回味一下这个过程中的风景和意义。我们的确应该抽出时间，走出逼仄的都市，把目光停在钟灵毓秀的绍兴水乡，追随她逝去的时光，让山水入怀，让山长水阔的浩气，颐养胸襟和心性，来一场空间的转换，给自己职业以外的视觉，让伟人的坦荡，智者的慧根，教会我们怎样去从容和超越。

## 剪影西塘
——江南纪事之三

我想大多数北方人都会和我一样，一提到江南，就会想到水，想到喧嚣后丝竹细细，青苔廊棚下的长街曲巷；想到门楣虚掩，黛瓦微雨中青石板路上由远及近的脚步声；想到淡墨如烟、似月如虹的石拱桥上油纸伞下那痴缠的目光。

我不知道去西塘的理由，就这么坐上了南行的高铁。可能在梦中与"洛七慢递"有过一个约定，也可能期待着与 illy 咖啡的一场邂逅，或者就是心血来潮，想知道一种渴望在满足后的欣喜或平静。

去西塘的时候，正是南方的梅雨季。早晨，天空的云彩像参加盛会一样，聚集在杭州西湖的上空，待车启动奔西塘，云彩也前呼后拥不远不近地在车的前方翻卷前行。一踏上西塘的青石板，云彩立马像被捅破的水袋，噼里啪啦地敲出响声来。

急急地上了乌篷船，晃晃悠悠坐定，顾不上密密斜织的雨丝从布帘、船檐上扑进来挑逗你，已被眼前的景色震慑了。记忆中无数次打开的彩绘画卷，真实地在眼前铺开，此刻的笔墨，是川流不息的船只和欢动的人流、是巧夺天工的石桥和雕花的廊檐。小桥、流水，五颜六色的油纸伞，一串串红色的灯笼和飘摇的酒旗，于曳姿婀娜的垂柳间若隐若现。桨橹轻摇，欸乃声远，此刻，喧嚣像被这千年古镇关在了门外，屏气倾听两千年的脚步穿过时光的断层，轻叩石径。伍子胥走来了，白发银须，踏水拾阶，透过古朴的雕花窗格，微笑在"半朵悠莲"的木桌前。荡荡而来的春秋之水，似乎坚守着一个久远的秘密或者约定，默而不言。两千年的涤荡，廊檐门窗上的红漆已经淡去，白墙瓦当上的鲜亮已经斑驳。而记忆却清晰地扎根在小镇的青苔古巷，这不竭的流淌以沉默的方式，回答着千年不变的提问。就像跌落水中的雨花，聚了，散了，细数着方寸间更迭的历史。历史的脚印与某个雨落处重合，古老和现代融合成一杯新鲜的陈酿，热烈或清淡，飘散在热气升腾的上空，让你深悟后的清爽瞬间直抵喉咙。难怪有人说西塘是个收藏灵魂的地方，心中的渴望刹那间就成了一场艳遇的开场白。

　　船停了，缓步上桥，享受着站在风景里看风景的惬意，看南来北往的心事，洒落一池涌动，或愉悦，或悲辛，在这能与灵魂对望的幽静中咀嚼过往，也许只有西塘才能拥有这涤静心灵的安然！

　　绕过讨价还价的争吵，小弄深巷里，在一个拾捡果皮的学生的指点下，终于寻得"半朵悠莲"。想起"旧书不厌百回读，熟读深思子自知"，西塘这本书，不知道被读过百遍千遍抑或万遍，而这小小的咖啡屋就像西塘这本老书的插图，让你眼前一亮，从穿越的时光中回过神来，走进现实的烟火。青砖砌成的吧台，欧式的壁炉下摆放着各种红酒，有抽象的油画，也有新鲜的百合和玫瑰。选择一红色沙发处坐定，看着门口用远古记事的绳子悬挂的 illy 咖啡的牌子，阿拉比加咖啡豆的香味似乎已扑面而来。

　　棕色的咖啡豆在磨豆机里起伏翻滚，成了细细的粉末，两三匙入杯，一壶沸水细细注入，用勺子慢慢搅拌，瞬间，那种让人愉悦的味道一下子冲进鼻孔、嘴巴，那种浓、醇、香在味蕾之间的融合让你有了醉的感觉，亦苦亦甜，久久回味。自认对咖啡没什么研究，却知道 illy 咖啡生长在意大利高海拔地区，是全球所有咖啡品牌中唯一保证咖啡因含量不超过百分之一点五的咖啡品牌。每一颗咖啡豆都经过电子光谱仪的检测，不容许有一点瑕疵。意大利人说，品尝illy咖啡，就是让你感受品质的无可比拟。据说，全球每天能卖出六百多万杯。独特的品质和口感终于浇出了illy咖啡全球第一家获ISO9001认证的咖啡公司。而美籍艺术家罗伯特·劳森伯格设计的illy典藏咖啡杯，加快了illy咖啡环游世界的速度，把illy变成了一场综合着咖啡香的艺术大餐。

返回的路上，西塘仍然在脑海中变换着镜头。美人靠、烧香港、观音兜；八珍糕、千层饼；卧龙桥、五福桥。一直想着"暂住西塘"里飘荡着的戴望舒的《雨巷》，但那个结着丁香般愁怨的姑娘却变成了拾捡果皮的学生和匆匆的人流。西塘作为我国十大历史文化名镇之一，已经拥有了令人"惊艳"的空间。浓郁的历史气息，少有克隆西方的摩天大楼和霓虹接踵，固定了它自身无法复制和僭越的特性。但古镇的人文底蕴与现代生活理念的邂逅和碰撞中，有了一种让人心悸的触动，这些古老的文化，在越来越多的人流中，承载了越来越重的负荷，有人说湿地是地球的肺，那么西塘呢？西塘应该是地球的肝吧，就像肝脏在人体代谢中起着分解和排毒的作用一样。一些珍贵的历史遗迹，应该在快速变化的时代环境中接受着纯净空气的洗礼，就像有人说：中国的城市，缺少的不是先进，而是一种属于更古老的"美好"的氛围。在这个古老的水乡，活着的古镇，城市"公共空间"的培育和拓展，是不是应该提到每个人和每座城市的日程？一座城市的品质和精神，在它清澈的河流，干净的街道，和谐丰富的生活和重楼花堂的优雅。像illy咖啡一样，给你独一无二的感官享受和精神满足。让每一个中国人可以在世界的每一个角落大声说：来吧！我在西塘等你。

## 娘娘河畔嫡祖树

曾以为，想了解一座城市，一个村庄，必须要了解那里的人。没想到，头一次近距离接触黄骅，却是在冬枣节与嫡祖树和他子孙们的对望。

铺满金黄色玉米的乡村公路上，大巴车缓缓停留在小堤柳村。脚一落地，石碾、石磨、磨里玉米面的馨香，一下子把记忆拉回了几十年。时代的变迁，城市里的楼越来越高，古朴的田园渐渐成了都市人的新宠。未落棵的花生，树上残存的红枣，夸张的粮囤，陌生中浸蕴着熟悉。那些千年枣木雕成的摆件与家具，古老的沉默中不乏现代的灵动。

一路走过，目光落在聚馆古贡枣园。七百六十岁的嫡祖树正襟危坐，加身的黄袍也许是为了遮盖被无数次开甲而留下的褐色酸楚，也许是强意迎合人的美好愿望。抬头看，那恣意指向的枝杈，才真正显示出它的自由灵魂。那种自由，密密匝匝地围起一种偌大的威严或者庄重。枝叶之间，惊人的大果子还是完全暴露在人的眼前，无论似苹果的，还是如沙果的，都带着一种不可名状的灵气，在绿意葱茏中摇曳着红红的诱惑，面对它们，感觉每一颗果子里都藏着一个故事，每一口清冽都是经风淬雨的凝结。不知道七百六十年的节序怎样更迭，它又是经历了怎样的肝胆俱焚才挣扎过漫长的雪蚀霜侵，但果子的甜脆秉性却一如既往。

七百六十年，当然会有许多传说，哪个版本更适合嫡祖树，却无从考究。可我更愿相信天上人间的契合：被孙悟空搅得人仰马翻的那个蟠桃盛会上，王母娘娘的御酒洒了，流到人间，变成了娘娘河。仙丹倒掉了，掉到地上，生根发芽，长成了苍翠的冬枣树。一颗仙界的果核，带着上天的灵异，聚着女仙的神气，落户聚馆，必定要赋予人间一场惊世骇俗的奇迹。没有人知道娘娘河究竟流淌了多少年，也没有人去甄别娘娘河是否也有那种"修短得中，天姿掩蔼"的身姿和容貌，得到娘娘河滋润的嫡祖树，慈祥安然地繁衍着子孙，它们枝繁叶茂，硕果甘醇，果子的形状都始终那么圆润饱满。

七百六十年，嫡祖树静静伫立在娘娘河畔，没有了蟠桃盛会上的轩榭歌舞，也没有了现世安稳。它的根须要经过多少次疼痛的挣扎，才深植于这片落海地。它一定经历了荒芜，一定有过怯弱。那种孤寂和清冷中，脉息渐渐垂弱，但它没有就此沉默，没有让这片土地就此忘记它。冥冥中，有一种力量向它召唤。顿时，尊严超越了蛰伏的疼痛。柔弱的幼芽从深沉的土地中探出头来，吮吸着娘娘河的乳汁。以后的日子没有了等待，只有清醒地面对和向上的坚持。它坚强而柔韧地挺身，因为它找到了对付时间的最佳方式。这种姿势一延续，就是七百六十年，与天地无猜，与时间无猜，没有了计较，没有了风声鹤唳。掀开黄袍一角，嫡祖树粗糙的外皮下，是灵与肉的结合，是时间和空间的对望，是绝世风姿于田野上的孤傲。这像是嫡祖树的倾诉，又像是我与嫡祖树的低语。

斑驳的光线在婆婆的枝叶间探出头来，那么小心翼翼，生怕惊动了这一园跨时空的沉默。嫡祖树就这么平静地把时间锁定在七百六十年前，任我在古老的画面中游弋。它的根叶枝茎，汲取着天地之间最新鲜的养料和水分，粗壮的躯干藤须，深深地拥抱着黄骅大地，蓬勃的枝叶纵情地伸向蓝天，迎接光和热的赠予，不卑不亢，不谄不媚，奉献甘醇，庇护子孙，与其说它像黄骅人的一种精神，不如说更是黄骅人的图腾。

走出冬枣园，才发现这个冬枣园的入口像一道开启过往的门，时间在这拐了一个弯，人站在七百六十年后的阳光中，思绪却和嫡祖树留在了七百六十年前。七百六十年的风风雨雨，嫡祖树赋予了黄骅人怎样的胸怀和执著！

传说一千年前，黄河从这里流入大海，在这形成了大片大片的滨海湿地。嫡祖树虽没有见到黄河，但它从母亲河流淌过的积淀中读懂了历史的重托。厚重的历史文化，滋养着黄骅人以朴实的民风和优良的传承来延续这古老的文明。李子札村那块"全国文明村"的匾额，似乎缀满了"孝老爱亲、无私奉献"的故事，像冬枣园里满满的茂盛；小堤柳村的古柳清泉、休闲柳园、到处都充满着"老家味"的旧屋。当然，除了冬枣，有着恒定秉性的还有娘娘河畔的红薯，还有着女人曼妙腰身的花生，还有挂在农家门前那一串串火红的辣椒，荡漾着烟火的味道。

这个秋天，在黄骅，与七百六十年前对望，那么远，又那么近，有了一种缘分的归属感。是否有一天，王母娘娘还会带着她的女儿们来到这里，坐在古老的、挂满五彩绸衣的嫡祖树下，听淙淙的流水，讲蟠桃盛会的故事？

## 水来时，是初冬

　　北方的冬季，应该是在一个冬眠的梦境里。可这个被唤作沧州的小城，却明显得有些激动。刷牙时，水甜了；熬粥时，更稠了；洗出的衣服也多了一种异香。似梦？非梦。茶几上，晚报头版那张开闸放水的照片占了整版，还有几个核桃样的大字：打开咱家的水龙头品一品，沧州饮用水已跨入"长江时代"。

　　采风"长江时代"。清冷的空气调皮地碰撞着鼻翼、面颊，簇拥着嘴巴与鼻孔呼出的热气，直到它们变成淡淡的雾状，在发丝上凝结成叮当的风铃。穿过风铃的叮当声，远处的斑驳雪痕，正在苍凉的原野上与太阳嬉戏，笑出那一脸跳跃的花。与黄河水相伴一生的黄叶又回忆起落下时的飞翔喜悦。泛绿的麦苗鼓动着春的眉眼，似乎在与黄叶说，你的苦苦等待虽然在树上没有实现，可落下来却有了一场近距离的邂逅。偶有活跃的雀鸟，叽叽喳喳地传播着长江水的消息，挑逗着所有生灵的神经。

　　可以想象，长江水是怎样冲开丹江口的纱幔，流向田园、村舍，一路欢歌。进入了黑黢黢的箱涵后，胆怯了，当想到黄河水在沧州翘首以待，便有了千里赴约的欣喜。五个日夜后，它冲出箱涵，投入到黄河水的怀抱。刹那，似一对恋人相逢在北国的雪域，激动，神秘；那深情的一抱，没有彩排，没有预约，南国的女子，带着特有的情致和自身的优雅，紧紧依偎在沉稳的恋人身旁。

这时，在代庄引水渠与小白庄箱涵出水点，一个神话诞生了。长江水与黄河水，在这里神奇地相遇了。更神奇的，黄河水等待长江水沉淀得蓝蓝的，长江水为急于见到黄河水而奔跑得浊浊的。也许它们是为了泾渭分明地见证一段历史，也许是为了让人家看到它们走到大浪淀的这一路上也是手牵着手。

它们脚下这片土地，曾是大禹治水后的"九河下梢"，两千年前，黄河在此冲出多条河道，任性流淌，归入渤海。进入20世纪末叶，沧海桑田，多水的沧海之州变成了"缺水之城"。尽管落海地的沧州，浅表水苦咸，深层水高氟，还是不得不依赖它们度日。正应了那句俗语，靠山山会倒，靠人人会跑。就是这苦咸含氟的地下水，由于大量开采，生成地下漏斗，地面开始下沉，引来了海水倒灌，甚至有人断言：沧州非宜居城市。

"如有可能，借点水来也是可以的"，毛泽东这个声音，从1952年开始回响。上个世纪末，冲出卡日曲的黄河水，"几"字蜿蜒后的生命脉息，沿着古老的大运河回家了，回到阔别了两千多年的家，回到了沧海之州，虽然没有了过去的任性，但亘古的品质激活了沧州人的集体记忆。黄河水这次回家，每年只有很短暂的时间，借道运河，客居大浪淀。不能全身心地回到阔别千年的故地。

21世纪，人的智慧与制造出来的工具合二为一。在唐古拉山口缓缓南去的长江水，如今，却要在丹江口转头向北。孙家湾的村民走了，"四大家鱼"走了，就连那些千年的文化遗址都做了"移民"。眼睛里含着离别的泪，心里坚持舍我一家，幸福万家的做人尊严。

拉回目光，凝视箱涵出水口。用心去俯瞰沧州大地，虽没有了一丝箱涵的痕迹，可凝视久了分明能看到这三百公里箱涵的建设场面。有太阳与月亮的往复见证，庞大的水泥商砼轰鸣着靠近墙体，来来往往的铲车伸展着臂膀；过省道、穿高速、钻铁路、打降水井……七个春秋的时序更迭，箱涵贯通了，汗水、长江水、黄河水复杂地交织在一张张建设者的笑脸上。如此欣慰，如此融合，没有缝隙，没有隔阂，宏大和微小，深邃和无声，时间和空间对接的神圣，让生命的长度和灵魂的宽度在此交集。

此刻，是初冬，时光静好。

是的，秋，睡熟了便是冬。曾几何时，初冬只是一个孕育着的希望。只有把春的复苏、夏的蓬勃与秋的金色调合成一个丰满的困惑，然后，解析、等待，踮起脚尖张望。才在这个初冬，成就了这个梦。这个梦，在大浪淀的磅礴水面上，旋转、激荡、平静，解析出一个苍劲的答案——沧州，一个美丽宜居的城市。

有人说，每个世纪在人类历史上只不过是转瞬即逝的几道波痕。沧州小城这次水的邂逅，不知道能不能算上几道波痕中的一丝纹理，但这个小城从此甩掉了一个"缺水"的定语。不管建设者们经历了怎么样的日日夜夜，也不管七百六十万百姓怎样地望眼欲穿。黄河水注定回家了，并迎娶一个矜持温婉的南方女子。于是，沧州因水而盛的历史再续了前缘。

多年后，名副其实的沧海之州也许会流传起这样一个神话，一个关于长江水投入黄河水怀抱的神话，开头是这样的：从前，水来时，是初冬……

# 诗兴之路
## ——遣兴嶂石岩之一

曾经看过一篇文章，讲述的是一个中国留学生环美一百六十天的经历。作者沿途经过四十多个州，走遍了美国几乎所有的国家公园，通过自己的镜头，从普通美国人的视角，辅以自己的理解，向世人展现了一个"客观、真实的美国"。在感动着作者用生命唱响世界、梦想携勇气上路艰辛之旅的同时，久久不能忘记的是作者照片中被誉为"美国万湖之州"的明尼苏达黄昏的落日，那团橘黄色的光环，辉映着周围的秋色在水面上的倒影，柔和、妩媚、温暖。这个镜头，在很长时间里都成为我梦境中最温馨的一部分，挥之不去，让我有一种冲动，打起背包，约上三两好友，越山掬泉，邂逅自然，让阳光驱散久积于胸的阴霾。

嶂石岩之行是在计划了一周后开始实施的。所需衣食住行安排妥当，下午一点半，一行六人神采飞扬，驱车太行山。

嶂石岩坐落在河北省省会石家庄的赞皇县，传说，周穆王在癸巳凶日起兵，讨伐犬戎大胜，于是立庙奉祀三皇，封此山为"赞皇山"，赞皇县因此得名。

深秋的太行山麓，峰峦跌宕，虽然少了绿意青葱的繁茂，却增添了略带寒意的深邃和凝重。一路上，分吃着被大家篡改成"山药"的雪莲果，品评着"傻小子""李多多"香辣干的美食，在胜出了两个"吃货"的欢笑中，久违的秋雨以净水泼街的礼仪迎接了我们这些扔掉矜持，展露着孩童般笑容的客人。

五点半，同伴在打听了县城和山下居住环境的对比后，选择了一个叫"纺织旅馆"的地方住下来，稍作休息后，在附近的一家饭店简单用餐。晚餐和闲暇时间，是预料之中的即兴作诗和趣味议题的开始。

因为是难得的放松，一行人除我实在不胜酒力外，都和酒做了一次最放纵的亲近，借着酒醉微醺和一路心情的愉悦，"人小才气粗"的小师弟要求以"细雨驱车入赞皇"为题作诗，基于朋友们平时深厚的诗词基础和教师的职业素养，再加上平时的唱和不断，作诗对于他们，就像杯子里的酒，盘子里的菜，只需端起杯子，拿起筷子，做一下孔乙己的样子，呵呵！果然，被大家誉为"本县第一律"饭间又自封"大师兄"的长腿哥端起酒杯，脱口而出：

一路驱车入赞皇，珍馐异趣满行囊。
青山难阻殷殷意，雨助诗心润太行。

而我，源于左撇子右手拿筷子的窘相和不会饮酒，只好望酒兴叹，望筷摇头，只有鼓掌的份。饭菜渐凉时，大家的兴致仍在酒和诗的交融中高潮迭起，你一言我一语，酒杯频举，诗作迭出。你尊崇的名家，他崇尚的古贤，恨不得一下子都喊过来，穿越到这张酒桌上，觥筹交错在这浓浓的酒香中。

饭店要打烊时，我们才带着酒兴回到旅馆，采纳大家建议，下棋玩扑克，自由结组。的确是太久没有过的开心了，心地善良的大师姐知道我的牌艺欠佳，自愿做参谋，一边指点，一边教导：看好手中牌，出牌要稳、准、狠，不能心软，牌场如战场，沉住气，该出手时就出手。我心里敲着鼓，嘴里念着各路牌神，东求求，西拜拜，小心翼翼。奇怪的是居然长驱直入，几局下来，连战连捷，自觉怎么看都像深得毛主席敌后抗战的十六字方针之精髓：敌进我退，敌驻我扰，敌疲我打，敌退我追，"当其得意，忽忘形骸"，偶一疏神，形势急转直下，被对方连追两级。面对小师弟的狡黠耍赖，大家群起而攻之，一直不参战的小师妹也放弃电视中偶像剧的欣赏，加入到谴责行列。喧闹声中，只有"依旧大帅哥"醉眼斜乜，抱臂耸肩，不动声色。片刻，朗声吟到：

  谁留方片匿梅花，不善机谋休叹嗟。
  醉眼微睁昂首笑，输赢无意且由他。

  众人听罢，一起指向小师弟，学着私塾先生摇头晃脑的动作一起吟道：

  谁留方片匿梅花，不善机谋休叹嗟。
  ……


  时光有心，一段路程，因为故事而留下回味；一个故事，因为感动而回味久远；真的希望此时时光搁浅在赞皇这个简朴的小旅馆，定格在小旅馆内飞扬的笑语中，没有名利场的奔波角逐；没有职场的微笑谦恭；没有含沙射影；没有献媚逢迎；就这样：时光清浅，流年安然……
  记得天涯名博艾敏曾写过一篇游记，《清晨，在陌生的地方醒来》。她走过了五十多个国家，欧洲的寂寞，意大利的浪漫；旖旎的威尼斯，梦幻的英格兰；使她内心的丰满溢于全身。我能想象得出她清晨醒来的样子：浅笑盈盈，满脸幸福，慵懒中拥吻第一缕晨光。

我的清晨是被"滴答，滴答"甜美的音乐轻轻唤醒的，在深秋的夜晚能有这么清宁的梦境，我很想把它归功于送了一夜"焚风"的空调，而这"滴答"声带来的惊喜应该不会逊于艾敏。虽然我没有经历在威尼斯小船上向英俊的船夫抛媚眼的机会，也没有在欧洲的古城堡欣赏百年之前的故纸堆。而一群远山寻幽者源自内心的快乐和共鸣，足以胜过千山万水的毓秀。就像现在，回味着一路的情景，看着刚刚更新的QQ空间里的打油诗，再也顾不上年龄赋予的优雅和庄重，捧着肚子在屋子里笑得打转：

夜宿山城少律弦，曹郎不吝赐雷鼾，
高山抚罢遂流水，榻侧知音未肯眠。

一夜眼难合，鼾声绕耳多。
乍如风雨急，又似水流过。
瀑布悬天半，飞湍下九河。
书生真意气，睡梦起高歌。

原来昨夜"依旧大帅哥"鼾声如雷，让"长腿哥"和"小师弟"一夜难眠，索性两人因鼾作诗，才有了上面"长腿哥"夜半寻诗和下面"小师弟"的鼾声和诗。

在一片对鼾声的遣责和戏谑中简单早餐，攀爬嶂石岩的路线也在一个多小时的车程里酝酿成功，为了赶在天黑前下山，大家选择了纸糊套、淮泉寺、回音壁、情人峡四处景点。一场别开生面的趣味山行开始了……

# 趣味山行
## ——遣兴嶂石岩之二

纸糊套是我们向上攀爬的第一站，位于嶂石岩景区的西格台村西。这里有当年李自成义军余部活动的遗迹，那些石门、大王台、古佛岩仿佛还在向游人述说着几百年前的往事。

还没来得及与这些遗迹对视，就被几户山里人家门前挂着的"红灯笼"吸引过去，走近了才发现，竟是一串串的柿子。大家争先恐后地拍照留念。却发现这些柿子居然都是没有皮的，那种晶莹剔透，让人想起"方流涵玉润，圆折动珠光"。热情的主人告诉我们，去皮是做柿饼最基本的工序，也是最重要的工序。

走出农舍，大家同时发出一个疑问：柿子是哪里来的？环视房前屋后，并没有几棵柿子树，对望之后，忽然意识到了什么，同时转身拔腿直奔山上。爬过一个山坡，远远地就看到半山腰星星点点的殷红，像是这落叶纷飞的秋季送给游人的礼物，吸引着我们三步并作两步，把亲近的冲动都放到了脚上。

平时居住在城里的我们，习惯了水果店里不劳而获的琳琅满目，乍一看到满山遍野晃动着鲜红的果实，便顾不得沟沟坎坎，扶着眼镜的，拽着裙角的，跑得快的边往前跑边回头看着后面的笑，跑得慢的边喊着前面的边努力地追，跌跌撞撞，直奔那一树树的殷红。寂寞很久的草籽终于看到有人来，兴奋地在我们身上蹭来蹭去，横七竖八的树枝也有意和我们逗留，拌一下腿，碰一下腰。终于气喘吁吁地赶到树下，"长腿哥"依仗身体优势拉住一根树枝，小师妹赶紧拽着树枝连蹦带跳地摘下一个，往包里放一个，摘一个跟其他人显摆一下。师姐不声不响，只找低处的树枝，一会猫着腰，一会蹲下，随身携带的包包塞得满满的。面对自己采摘的果实，每个人都有一种成就感，掩饰不住内心的喜悦，随手剥开一个，涩涩的感觉把我们定格在同一个表情：半张着嘴，舌头在嘴里打转，根本说不了话，彼此用含糊不清的语言和手势打趣着、比划着。"长腿哥"忽然想起远在北京培训的一个诗友，因文化底蕴深厚，演讲口才了得，大家送他绰号"碎嘴"，于是幽幽地说：要是"碎嘴"在多好啊，让他多吃几个柿子，肯定能治好他嘴碎的毛病。大家被他一本正经的话逗得又是一阵开怀大笑。

再往上到了淮泉寺，据说此寺最早建于晋朝，是一座千年古刹，现在寺内虽然少有和尚道士，但对历史有浓厚兴趣的"大帅哥"还是安慰了门前独自遥望的出家人：

秋光淡淡透疏林，独照深山佛几尊。
寂寞老僧休怅望，繁花落尽少行人。

据说，春天的淮泉寺，杜鹃怒放，漫山遍野；夏日，绿树随风，泉流飞溅，再加上沿途镶嵌在小路两旁当代名人的书法石刻，更增添了这座古刹人文景观和自然景观相互交融的神秘。

因少了夏季的魏紫姚黄，大家的目光自然就落在有绿色的地方，缓坡或拐弯处零星地散布着一些山民开垦的小块地，几垄萝卜或半畦白菜，悠闲地生长在这些形状各异的版块中，因少了化肥和农药的催生，自然少了城里蔬菜的丰满硕大，但散发出来纯纯的青菜香气，却引得我们使劲抽动鼻子，恨不能把这清新淳朴的气息连同大自然的山风一起，带回自家的厨房餐桌。

细心的师姐意外地发现了一个山民正在胡萝卜地劳作，她兴奋地挥动着手里带着新泥的萝卜，我雀跃着跳进地里，小师妹更是热心地给我们和山民合影拍照。征得山民的同意后，我和师姐也加入到山民掘萝卜的行列，师姐生在农村，颇有些农活经验，在拔萝卜的时候尽显优势，左手一根小木棍，不停地掘着上面的土，右手麻利地把土拨走，用不了几下，萝卜就露出一部分，右手使劲一拔，一个红嘟嘟的萝卜带着绿油油的叶子跃然眼前。我也学着师姐姐的样子，左手掘土，右手拔萝卜，可是弄断了两根木棍，才拔出三颗弄断的胡萝卜。被大家嘲笑了一顿后，答应大家回去后反思拔萝卜失败的原因。

就这样一路欢笑着，当听到山谷传来的回音时，才知道已经到了回音壁。大家停住脚步，屏住呼吸，肃穆仰望这已载入吉尼斯记录的世界上最大的天然回音壁，只见层峦叠嶂，赤壁丹崖，如屏如画，真是壮观。

据说回音壁高达一百米，弧长三百多米，弧度为二百五十度，若仰天长啸，或击掌叩石，则即从另一端传回酷似原声数倍的回应，为了让没去的诗友也享受一下"空谷传响，哀转久绝"的旷美，"依旧大帅哥"提议，每人对没来的诗友说一句话，用手机录下来，带回去给他们留作纪念。

首先"依旧大帅哥"浑厚的声音对两位未能同行的诗词学会负责人响起：亲爱的领导，回音壁向你们问好！

话刚说完，只见一只大鸟飞到崖下的树枝上，ang ang 的回声清脆地传过来，大家也学着大鸟的叫声 ang ang 地叫着，笑声在回音壁里回荡着，传播着……

小师妹更是激动，看着满目赤色的山石，想起开玩笑时说为百年后互相写"墓志铭"的诗友来，大声喊道：我找到写"墓志铭"的石头了！

大家你一言我一语，对每一个未曾同行的诗友都喊了话。亢奋的心情随着一路的景色溢于言表，唱着，笑着，喊着……

嶂石岩的声音还回荡在耳边，我们的兴奋还挂在嘴角，"情人峡"已在眼前。考虑到回返路途需要的时间，决定放弃向上攀爬，由另一条路返回。

我们没有到达最高景点黄庵垴去俯瞰两省五县，也没有去寻求一览众山小的畅快，我们只是在这个枯叶翻飞，游人稀少的深秋里，怀想着春天林茂谷幽、潭泉相映、险径回曲的样子；只是在别人看过的风景里寻找不一样的体验和感受；回味着我们一路走来的欢欣和感触。就像很多人说的那样"趁着我们还算年轻，趁着我们都还在，挑一个风和日丽的日子，约几缕暖风"，在属于自己的时间里，怀着一颗简单的心，给自己一点自由呼吸的空气；咏一路的怀念，种一树的留恋，把世俗的凉薄和心痛，交给一米外的阳光，放手四季的轮回，只留一片安然，一份洒脱，一份闲淡，来温暖流散在风中的寒凉。就像郭敬明在小说里说的那样：看不见雪的冬天，我们拿它当春天，好不好？

# 行走贵州

## 贵州的底气

在即将踏上贵州的土地时，我必须要给自己一些底气，说一下我的出发地和民族。向来以天子脚下大汉民族自居，现在，从帝都之地的华北平原出发，坐地铁、高铁，边走边以仰视的姿势行进，并且以在全国五十六个民族中占比百分之九十二，却是一个少数民族的身份进入贵州，心中被一种从未有过的波澜撞击着。

一路上都在琢磨一个铺天盖地的词"多彩"。云南被称为七彩，已是让人震惊，贵州却让"多彩"为之代言，更有一种期盼。飞机落地龙洞堡机场，能歌善舞的贵州人用韩红的《山水贵客》表达了他们好客的热情。我准备顺着多彩的思路，去与多彩的世界相遇。

导游的一句"祖先乃是旧相识"，下意识回头，才注意到，似北方汉子一样挺拔彪悍的白杨树不知什么时候已被根系发达慈眉善目的榕树代替。滋养我们的母亲河已非常理智地藏匿了身形，收敛了目光。我们这群炎黄子孙，带着黄河的泥沙，跨越两千多公里的湖海山川，与蚩尤的后代在海拔一千多米的山上相遇。那七十一场厮杀，终究还是留下了千丝万缕的牵挂，毕竟他们在同一条河流对峙，也被同一条河流滋养过，留下了彼此熟悉的声音和习性，在黄河文明的功劳簿上有他们共同挥毫的一笔。

贵州之旅一下子有了走亲戚的味道，自然就多了一份亲近感。一张巨幅的绿色山水画大幕一样拉开，像贵州的保护色。从脚下、周围目力所及的任何一个地方向你聚拢，以向空中突围的方式仰望着天空那几朵悠闲的云。我们开始走进画中客串各自的角色。满眼的山，满眼的树，满眼的绿，随时跃入眼帘的瀑布、河湖、溶洞。山和水分别做着导演和主演。在这森林平均覆盖率达百分之四十一、湿度远远超过温度的绿色王国，你可以尽情地放松身心，给肺洗个澡，为眼做个清洁。

贵州"八山一水一分田"，山地、盆地、丘陵是贵州的特色。特有的卡斯特地形地貌，岗峦起伏，横断连绵。"石为山之骨"，在山体从下遭到侵蚀时，山上的华山松、马尾松、银杉，有庞大气生根的榕树；风化的石灰岩和白云岩，挺拔林立，千姿万态；根镶在石里，石嵌在藤中，让你分不清是树还是石。水，灵性摇曳，蜿蜒于崇山峻岭，奔泻于深峡幽谷。瀑布，天生就具备了天地间智慧互相渗透的境界，奔放、缠绵都在一念之间。壮美豪放如黄果树瀑布、十丈洞瀑布；线条明朗，疏密有致，清绝妩媚如卧龙潭瀑布、68级跌水瀑布。

此刻，再伟大的丹青手也无需浪费过多的色彩去描摹，只一眼，你就能把它的样子刻在心里。何况对于旅行者，瀑布更像点缀心情的甜点，在你疲惫得恰到好处时，丝丝缕缕地扑面而来，不多言，只轻轻一抚，就会让你神清气爽。红红绿绿的伞盖，旋转在头顶，摩肩接踵的人群与山水巧妙地融合，妩媚、俏丽、精致。让你忘记高铁、火车、平原和风沙满地的样子。你会心甘情愿地挖掘隐藏多年的脚力，约上你的同行者，束腰、运气，听敲击青石板的声音心无旁骛地回响在远方的山谷；听浪涛的笑声传过人群、天空唱响的空灵。眼睛，享受到从未有过的奢侈，即使你相信再贪婪的巧取豪夺也只是视力所及的范围，还是把眼睛的焦距一次次调整。

在这天然绿色大盆景上，偶尔会有几丛鲜艳的红色、黄色的花簇从眼前闪过，像爱美的少女点缀在唇上的口红、脖颈上的丝带，让人伸长脖子使劲多看两眼。

这里的河流，有时奔腾激越，深沉雄浑；有时温顺乖巧，随物赋形。与山相偎相依，似不离不弃的夫妻。有时你分不清山是妻的性格还是夫的性格，它们适时地转换成彼此需要的样子。渐渐地，河流从文字的风景里长出生动的画面，闪着银亮的光。它不知道自己因何而来；也不知道文明是高尚还是低贱；不知道文明在它流淌过的每一寸土地上落地生根的样子。但它会稍作停顿，低吼或沉吟，或许是思考一下继续的路线，或许等一等路上的行人。这里的山，没有更多的路让你选择，那条人工开辟的路，泛着时光浸润的青苔色，虽然让你眼在天堂，脚在地狱，时刻弯腰收腹，但你还是目光坚定，因为我们无路可走，只有把一切清澈的流动和声响化作甩掉疲劳走下去的声援。

河流、瀑布、绿，在贵州，不是艳遇。真正的艳遇应是四十八个民族，以各种方言和习俗越过各种障碍聚集于此，繁衍生息，平安互佑。多年的磨合，单从语言上很难分辨一个人的种族。好在衣服还保持着自己的个性，给一个你去辨认哪个是苗族、侗族，哪个是布依、水族的机会。比如女人，从短上衣、百褶裙、头、胸、手上漂亮的银饰品能断定她是苗族；从鞋、帽、胸兜上五色丝线的花纹，人物、鸟兽、花卉能判断她为壮族；从挑花构图和整体几何纹，以及"龙盘"形、"A"字形或"飞燕"形的头饰能断定她为瑶族。至于施洞龙舟节、凯里芦笙节、旁海芦笙节等各种节庆，都是外来人熟悉不同民族习俗和服饰最好的方法，那需要缘分和机会。

古朴的生活方式，孕育了朴实的贵州人，也滋生了原生态的贵州文化。不善言吐的贵州人用自己特有的方式表达着自己的心声与外部世界的沟通，那就是歌舞。苗族人热情奔放的"飞歌"，优美抒情的"游方歌"，质朴庄重的"古歌"、"酒歌"，侗族原生态《侗族大歌》；芦笙舞、木鼓舞、踩鼓舞；大调、小调、大歌、小歌。还有意想不到的，世界顶级的民族舞台史诗，由十七个民族六百位演员历时八年精心打造四个版本。遍布全球二十个国家、五十个城市，荣登《国家文化旅游重点项目名录》，被加拿大总理哈珀、英国前首相布莱尔誉为"全球最生态的歌舞演出之一"。

面对贵州，是不是有很多话要说？古老的民居和习俗保留了不可替代的唯一性和不可再生性，由此，贵州人也被称为"东方印第安人"。仙境般的村寨又把人间烟火味演绎到极致。这些挂着古老和原生态标签的村寨和风情，正一步步走向贵州林立的高楼，走向世界喧嚣的人群，在宾朋满座的豪华中享受着高人一等的待遇。

如果用"天时、地利、人和"来衡量贵州的发展，我觉得贵州是幸运的。因为天时占据了地利，又因为地利聚集了人气和目光。贵州人应该感谢朱元璋三十万大军调北征南时，刘伯温说过的一句话：江南千条水，云贵万重山，五百年后看，贵州赛江南。一语成谶！

对悬挂在空中的"世界遗产地""地球腰带的绿宝石"这些世界级的标签，贵州似乎并没有特别在意。是啊！他们是见过大世面的，世界级的荣誉早就闪着金光别在贵州的胸前，淡定已是他们性格里不可缺少的一部分。他们早在1915年巴拿马运河的博览会上，智摔酒坛，以四溢的酒香为中国的"茅台"酒赢得了世界第二名酒的称号。2016年他们目睹了世界上最大的单口径望远镜——天眼；他们有世界最大、最壮观的苗寨——西江千户苗寨；他们有目前世界上唯一的、最具规模的国家级桫椤自然保护区——赤水"中国侏罗纪公园"；他们有世界上最大的瀑布群——黄果树瀑布群；他们有地球上最美丽的疤痕——马岭河大峡谷；还有，那迷人的"东方威尼斯"——镇远古镇等等。只这些让世界惊讶的无法入眠的惊喜，就足以撑起贵州人与众不同的底气！这种底气就是贵州人从崇山峻岭中突围的资本。

你是不是也激动不已？我们还是边走边看吧，瞧，荔波就在前面。

## 荔波的牵挂

荔波的欢迎仪式很特别，是清晨的鸟。不知道荔波的鸟唱的是不是当地方言，但我知道凭它的阅历肯定能听懂来到荔波的各种方言。我问：如果没有大小七孔，会有人知道华南十万大山中的荔波吗？鸟的回答我听不懂，荔波也是沉默的，它不急于表白，也看不出任何激动的表情，只示意你用眼睛去打开荔波的世界。

去小七孔风景区的路上，一些女人，黑衣服，黑头发在头顶盘起高高的发髻，一朵或红或黄或紫的花别在发髻中央，抹着汗水从身后的林子里钻出来，提着半篮子的李子、乌梅或黄瓜、西红柿，顺手把篮子在脚下的水里来回晃几下，随即摆在路边，不吆喝，也不贪心，游人围上来，三言两语很快结束交易，然后再次消失在林子里。这应该是荔波最古老的交易方式，古老得像小七孔桥身上爬满的青藤。

已经触摸到荔波的气息，没有金粉的娇羞和扭捏，带着乡野不羁的风和淡淡的青草味。顺着响水河的声音向上，壮美和精绝清空脑海里所有的意识，霸道地占据了主导地位。

像一支乐队开始演奏，荔波的情节随着68级跌水瀑布的出现加快了激昂的节奏。每一个台阶都是一个舞台，每一个舞台都有不一样的节奏，瀑布的主角自然是水。这68级台阶组成了小七孔一曲美妙的水的华尔兹。水浪翻转，身姿摇曳，像一场女子戏水的表演。轻摇的颈，微颤的肩，挺起的胸，收紧的腰，从头到脚，曼如燕子伏巢，疾似夜鸟惊魂。鲜活之势尽现，曼妙情怀无遗。跌宕起伏，韵律和美感恰到好处地交替叠加。让人想起舞蹈中的荔波女子，哼唱着她们自己的歌谣，舞动着荔波的旋律和生命情调。

如果说68级跌水瀑布用一种微妙的诱惑让你一步步走近它，洞悉它，而卧龙潭瀑布给你的感觉就是：终于找到你，再不想离开。确切地说它不像龙踞其中，更像一位身着绿纱的少女，在由浅入深的幽蓝中沐浴沉思。潭边怪石林立，古木森然；远处水声轰鸣，雾雨蒙蒙；而这位少女，眼波清澈，面如平镜，淡然自若地梳洗着长长的秀发。外面的世界丝毫不曾惊扰她，让人跟她一起享受"人能常清净，天地悉皆归"的境界，不由想把全身的狂躁和轻浮统统抛进去加以修炼和净化。

此刻，似乎明白了荔波，在时间不苟言笑的打磨中，戾气与棱角、困厄与落寞，早已和山水一起变成荔波清晰的肌理。与大自然的千年交锋中，血脉流畅，生机勃勃，让大自然不得不心甘情愿地控制好自己的情绪，安然相处。配合荔波人，用细腻的情感梳理人类多年的构想和期盼。有人说"南方的河网犹如女人飘洒的秀发，是一种温柔的羁绊"，多好的比喻呀！每座山川都受用。我终于明白，为什么荔波有如此众多高山顽石做资本，却折射不出一点高傲的影子。

去大七孔，没有过多停留。我知道，这里有绿得令人心醉的涵碧潭；有古木擎天，遮天蔽日的伞盖；有虬枝沿桥生长，巨臂向远的画面。这里有峡谷、伏流、钟乳石；湖中有洞，洞中有湖，陡峻险奇、气势巍峨。天生桥，穿越历史的大门，有大自然为荔波授权的"凯旋门"。游人如织，在"客路青山外，乘舟入画图"的世界中，大七孔笙笛齐鸣，流水浩荡，讲述它一条河万座山的彼此珍重和分道扬镳，大七孔的脚下涌动着怀旧的大潮。

方村河不知疲倦地奔流在大七孔，它不在乎注视的目光是敬慕还是不屑，不在乎你经天纬地还是一无所知，所有流淌的铺垫都是水到渠成的气质使然。大自然赋予了它倜傥和洒脱，荔波人成全了它与现实和激情结缘的机会，它无需唾液飞溅地为自己演说，只需把鲜活的情调和怡馨的色彩大大方方地呈现出来，把流动中擦肩而过的缘分珍惜，让粗鲁的北方汉子彬彬有礼地对它凝视，充满深情地说一句：见到你真好！足矣。

望着石缝中伸展到桥上的青冈栎，心头腾起一种隐隐的说不出的痛。像母亲伸出双臂期待远方奔来的孩子，有一种恨不能生双翅飞翔的遗憾。如果说小七孔是妻子，大七孔就是阳刚伟岸的丈夫。荔波的魂在清澈的卧龙潭小鸟依人，荔波的魄在幽暗的峡谷迎风斗浪。魂魄相依才能让灵魂安稳。不再寻找河，也不再仰望山，山水相依就是世界的根。

眼前的景色猝不及防，回头的刹那，震撼了内心。在一簇灌木丛后狭长的过道里，聚集了一群黑色的蝴蝶，即使逼仄，在大七孔也是很难找到的一点有泥土痕迹的地方。蝴蝶是从未见过的大而黑，大多在翅膀上有对称的两个白色圆点，像一双眼睛。它们像蜻蜓点水一样一抖一抖，我好奇地走近，它们也不躲闪，顾自进行着那个抖动的动作。仔细看才发现，它们是在喝水。在到处是水的大七孔，这群蝴蝶像是刚刚经历了疲惫的劳作，在这稍作休息，汲取地上仅存的一点雨水。

一个有刺痛感的镜头，我把它叫作"生命的风景"。让我刹那想到小七孔路边那些卖瓜果的女人，黑衣服、满脸的汗水、头上一朵鲜艳的花；想到酒店、车站、苗族女人的服饰、头饰上无一不存在的一个符号"蝴蝶"。这才应该是荔波史书上的一页精华，一场生命对白的主场。

通过导游了解到，苗族人有一个大型的节目叫《蝴蝶妈妈》。节目中有一系列的问话：是谁创造了人类？是蝴蝶妈妈；是谁创造了苗族的历史？是蚩尤；是谁创造了粮食？是辛勤的双手；是谁创造了语言财富？是智慧的人类。

　　在这个上古的传说中，苗族的创世女神是由枫树里飞出的，她经过十二年孕育了最早的苗族子孙和其他十二种动物，而枫树则是蚩尤带血的枷锁变成的。枫树作为哺育蝴蝶妈妈的胚胎，被看作神树，蝴蝶则成了给予生命的"蝴蝶妈妈"。这种血脉相融的共生，让我心头的久久牵挂变成释然涌出的泪水。不管蝴蝶妈妈的传说是否正确，但蝴蝶成了"戴在头上的礼记，穿在身上的史书，披在肩上的文化"，成了苗族文化构建的一个符号，生命的主旋律。是"天人合一，万物有灵"的生命礼赞。

　　荔波的性格总有山的形状，荔波的姿色总有水的影子，而荔波的牵挂应该是生命的图腾。

　　书写荔波的格式应该是这样的：在每一页辉煌或平淡的史册中，在每一件向世人告白的说明中，小七孔在左，缓缓下拜；大七孔在右，万马奔腾。看，前方是蝴蝶妈妈，它正向吊脚楼飞去。

## 沉默吊脚楼

　　这就是西江苗寨的吊脚楼吗？一个在梦中无数次相遇却从未袒露过半点心事，多日来翘足企首，竟是因了冥冥中的一见如故。

　　想不出它在哪位古人的诗词里鲜活到现在。抬眼，惊愕、激动。它聆听我呼吸里的欣忻，我揣度它皱纹里的惊艳。彼此无语，安静得像窗外悬挂的那一串串红灯笼，波澜于心，静如玄月。一个喜欢听故事的人来到一个有故事的地方，融入吊脚楼的深沉，以纯净的眼眸坐在美人靠上挥动红色的丝巾，吊脚楼的激情终于从窗口点燃。

　　西江，苗语"鸡讲"的音译，意思是苗族西氏支系居住的地方。澳大利亚人类学家格迪斯在他的著作《山地的移民》中写到：世界上有两种苦难深重的民族，几千年来不断迁徙的中国苗族是其中之一，而在西江这个地方就是苗族历史上五次迁徙中第三、四、五次陆续迁徙到达的集结地。

几千年的迁徙奔突，终于有了一个坐下来擦把汗、喘口气的地方，终于能把时光的伤害放进那些闪着乌光的青瓦下被风干成标本。它绝不能无精打采地面对世人的目光。大山的固执，不足以挑战这个本就多灾多难的民族，它用沉默原谅了一切磨难和残酷，开始精心打造自己的家园。

来看看这吊脚楼从设计到建成的过程，你肯定在他们待客的长桌宴上把自己灌醉。曾傲气十足地出入宫闱的雀舌或鱼钩，如今低眉顺眼地聚集在苗家的紫砂壶里，在滑入族人口中的瞬间，还是怀想了一下当初奉上圣坛的神采。族人围坐一桌，呷上一口茶，嘴里发出两声满意的"滋滋"声，有条不紊的盖楼计划开始了。选址是第一步，找几处不影响种田又相对平坦的空地或邻近楼群的地方，分析、筛选、集中意见后敲定最合适的一处。接下来，有时间到林子里走走，选几棵上好的木材，然后在相对清闲的夏天，择一个黄道吉日，带上香、纸钱、鱼、酒来到早就转了数遍的树下，点香、焚纸、倒酒、供品入盘，膜拜、祷告。接下来，锯、墨盒、凿子、斧子这些原始的武器先后登场，一棵大树在香雾缭绕中完成了神谕的壮美，开始把记忆从大山拉回到苗家的烟火中。

锯木头，凿眼打榫，拆卸穿枋，修锯横梁；立柱、上梁，数十天的忙碌，一栋吊脚楼的房架就在全族人的庆贺中像长大成人的苗族汉子一样稳稳地站在那了。大门、上瓦是吊脚楼最讲究的环节。鱼跃龙门、吉庆有余、花开富贵，这些古老的吉祥寓意，一次次被请上门楣、窗棂这样的位置，在窗棂、翘脚和屋脊上威风凛凛地巡视着四周。楼多为三层，人、畜、梁各有自己的地方，一个三层楼房需要的青瓦大概是两万块，一阴一阳的蝴蝶瓦，像爬行在苗寨老人脸上的皱纹，让吊脚楼充满了神秘和厚重。一栋吊脚楼，榫卯衔接，通身不用一颗钉子、更无需图纸，只凭想象建立起来，就这样巍然屹立于斜坡陡坎上。云峰巍峨，峭壁生辉，吊脚楼淡然相问：山中已花发，君否为雅客？

遍布大山的果子、轰鸣的瀑布、清凉的河水和满眼的绿，让苗民们下定决心，把祖祖辈辈随身携带的最昂贵的银饰品做成最美的头饰、颈饰、腰饰，抬头挺胸，把每天都看成一个盛大的节日，边歌边舞，整装出发。他们明白自己想要什么，该怎样做。他们环顾四周的大山，把自己的信念举过头顶。

大山里响起了密杂的脚步声，一群人开始在大山里搭帐篷、装设备。吊车来了，铲车来了，叮叮当当的铁锤伴随着阵阵爆破的轰鸣，钻头冷着脸把龇牙咧嘴的大山穿堂而过，昔日不可一世的大山被辟出一条闪着银光的路。

寨子里热闹起来了，车轮带着北疆的雪色，西部的风沙滚滚而来。吊脚楼的身高越来越和身后的大山接近，两旁的店铺喧嚣起来，大山里的果子、茶叶、各种土特产争先恐后地穿上漂亮的苗家服装，成群结队地爬上路旁的汽车，然后又在一个难得的晴天或小雨淅沥的下午，带回一群有说有笑的人。

嘎歌古道，与其说是一条苗族古巷，不如说是苗族文化符号和历史的聚集地。如今，市肆繁浩，流水淙淙。苗绣、酿酒、腊染一些特色工艺，不动声色地推销着自己，没有扭扭捏捏的脂粉气，没有灯红酒绿的招摇者；没有高车驷马，没有衣冠楚楚。有的是激昂生命的青草味，澎湃梦乡的山野气。乡音、乡俗、土特产，以主人的身份大大方方地参与到这场盛大的豪宴中。身着铠甲的野刺梨，与其酷似双胞胎的糖二；六百岁的威宁火腿，香而不郁的波波糖；玉屏的箫笛，罗甸的玉；兴义的石斛，都匀的毛尖……

吊脚楼，怎么看都觉得是历史的贵族，却总是表现出平民的个性。

大清朝的炊烟，曾从六百多户吊脚楼的楼顶缓缓飘过，而今炊烟掠过一千多户吊脚楼的楼顶，慢斯条理地向嘎歌古道涌去。我坐在五号风雨桥的长廊上，看着人群从桥上走过，说笑、歌舞，这种感觉更是明显。风雨桥是孤独的吊脚楼，它的作用在故事情节里至关重要，但说起来却是轻描淡写。这座从建成就被冷落、既无桥名又无匾额的宫廷式建筑，无论什么情况下，都一如既往地伸长胳膊，奋力挽起两岸的吊脚楼，丝毫没有半点失落，我又怎能把失落强加于身呢？

即将离开的半个小时，五号风雨桥后面一个小得不能再小的画室走进了我的镜头，一对聋哑夫妻晃动着手里的自画像留住了我的脚步。女主人搬凳子，递茶水，示意我落座，我找不出任何拒绝的理由，随着男画师的手势只是点头。画毕，我把一张百元的人民币放在椅子上准备离开，女主人使劲摆着手拽住我的胳膊，并伸出五个手指，我明白她的意思，便拿起男画师手里的铅笔写道：请写下画室的名字。男画师会意，刷刷几笔，漂亮的宋体字在右下角愕然入眸：沉默的吊脚楼！

夜晚，观景台上灯光淹没了星光，白水河两岸，忽明忽暗的灯光把吊脚楼装点成两个金碧辉煌的金字塔，一脸喜悦的苗族人身着节日的盛装，载歌载舞为游客表演着"情满西江"。一寨的人，一城的山水，一个美奂绝伦的世外桃源正在黎明的东方喷薄出它的心声：这是一个美丽的序言！

## 以黄果树的名义

黄果树瀑布，名气大，大到亚洲以外都能听到它震彻山谷的轰鸣。这种轰鸣气势恰好能在周围山峦和树木略显呆滞中，迸发出深藏的激情，壮阔如虹。离黄果树瀑布越近，这种气势越铺天盖地。使我纠结在一个问题里：究竟黄果树为瀑布代言，还是瀑布为黄果树代言？翻来覆去推论，谁为谁代言都有道理。多少年它们都能和平相处，人类又何必要去弄个谁是谁非呢？

与徐霞客相遇的瞬间，还是激动了很久。虽然他并未与我对视，只是以塑像的单一姿势，充满期待地眺望着远方，却一下子提醒了我：这位伟大的地理学家已经为黄果树及其瀑布代言了三百多年，他才是最好的代言人。

初夏的目光深情又火辣。风儿诱惑着天真的紫藤撒下一地粉红的诗意；雨雾漫天，迷离而忧郁；红黄蓝绿的油纸伞上跳动着清亮的音符；峰峦叠翠，古木悬空；悠哉又散漫，浪漫又浩大。湿漉漉的青石台阶泛着银灰色的水光，流淌至今的白水河怀揣着那些过往，顾盼自雄的自豪感想必早已被千篇一律的重复磨掉了棱角，变得越来越沉稳。忽然沉思片刻，它应该想到了什么。

公元1638年4月23日，这个春天注定要被载入史册。一位叫徐霞客的老人风尘仆仆从广西踏上镇宁的土地，久违的阳光好奇地站在远处的山顶上看着他，它能清楚地看到老人脸上滚动的汗珠。老人停下脚步，环顾着四周雄奇的大山，一种欣慰的惬意聚集在眼角眉梢。他抬起袖子拭去脸上的汗水，迈开大步，继续前行。刚过白虹桥，如雷的水声让他兴奋异常，他意识到"又奇景致矣"。果然"水由溪上石，如烟雾腾空，势其雄厉，所谓珠帘钩不卷，匹练挂遥峰，具不足拟其状也。"这就是当年叫做白水河的黄果树瀑布，这位踏遍中华大地的旅行家，望着万马奔腾的气势，拱手致礼："奔腾喷薄之状，令人可望而不可既也！"并留下"白水如棉，不用弓弹花自散；红霞似锦，何须梭织天生成"的千古名句。

站在徐霞客当年站过的地方，用他的文字还原着当时的场景，虽然他笔下的瀑布比现在还要壮观，我仍能从眼前感受到当年的雄浑。水从七十米高的悬崖绝壁上飞泻而下，似天神嫁女，银河倾倒以作仪式。万骑蓄势，待令而发；新娘身着白色盛装，在鼓乐喧天的簇拥下，飘飘而下。裙带随风飘逸，珠玉飞溅；威仪荡荡，高傲磅礴，荡气回肠的澎湃点燃着大山的激情。飘落犀牛潭，立刻万马奔出，鼓声大作，撼天动地的呐喊宣告这场盛大的仪式进入狂欢阶段。白水河接到命令，长啸一声，狂奔而去。两旁群山护卫，葱郁浩阔，万骑绝尘，只剩下那个叫作历史的家伙傻傻地站在原地顿足。

我曾看到一位书画家描摹此瀑布的情景：先用历史的眼光和气势居高临下地审视瀑布，把自信、决绝全部调动在腕部，然后勾勒、加皴、点、擦，毛笔一挥，金戈铁马带着风声骑卷平冈般奔去。这浩浩荡荡的主场，用玲珑剔透的唯美开启了历史灿烂的灵感。瀑布以"向岩后撤"的方式追问着历史"我美吗？"时光不敢懈怠，也不敢贪婪，更不会逢迎，微微一笑，转身而去。

走出轰鸣，盆景园像大餐后的一杯清茶，安静地站在回返的路上。你不自觉地随着盆景奇石的幽静释放着聚积在体内的亢奋。石形迥奇，似少女亭立，又似云朵曼舞；盆景精巧，似探海回眸，又似凌空欲飞。紫薇、杜鹃，枝繁叶盛，自成拱门，迎宾待客。一段残朽的樟木根心事重重地映入眼帘，心猛地收缩一下。那满脸沧桑似在诉说着一段心酸过往。有幸被有心人拾起，精心养植在石盆里，枯竭的生命被施以人性的关爱，起死回生，释放着生命的惊喜。还有一些多年沉寂于深山的银杏根、榕树桩，幸运地享受着垂危的救助。盆景园的生命，没有半点风尘的气息，只在坚韧地生发。这一静一动，像极了生命赋予的模式，"应物象形""气韵生动"。

瀑布和盆景园商量好了似的交替在眼前晃动。毕节歌手尧十三的《离别时歌》响起，悄悄扫荡了车内的喧闹。随着导游靥如桃花的笑容消失，心里的落差也似瀑布归于盆景园般的落寞。一番话让奔走在龙洞堡机场的大巴车也变得忧心忡忡。

在中国六山三水一分田的概念里，贵州拥抱大山的归属感应该很强。毕节，贵州最穷的地方，贫瘠的土地上只生长一种东西——土豆。土豆很难维持一家人温饱，缺衣少食像毕节的大山一样抬头可见。大学毕业那一年，一件事震撼着年纪尚小的导游。三个失去父母的孩子，面对饥饿，再无活下去的勇气，年仅十岁的姐姐含泪买来一包农药，煮了一锅农药水分别和弟妹喝下，那是他们姐弟最后的一餐饭。几天后僵硬的尸体才被邻居发现。小导游毕业后毅然选择到毕节去支教。当时，她从居住的地方走到学校的山路需要两个多小时。

那一天，当她满脸汗水地走到学校，一个女孩子立刻拿着已烧开几次的一壶水跑到外面，把水池反复烫洗干净，然后怯怯地对她说：老师您去洗脸吧，我已把水池烫了好几遍。当她看到简陋的屋内十几双惊恐又渴望的眼睛，一些果子、几个鸡蛋捧在手上时，她明白，这些孩子用他们最高的礼仪表达了最真挚的心声。

支教的一年里，她学会了游说，同学、家人、朋友以及他们的朋友，都是她游说的对象。她选择导游这个职业，目的也是让更多的人了解大山，了解那些大美后面的灰色身影。她每天奔走在荔波、赤水、黄果树瀑布各个景点，给每一个游客留下她的电话，筹建赞助站、组建微信群、QQ群，取名"以黄果树的名义"。每接一批游客，临别之际，她都会对游客深鞠一躬，告诉他们毕节的故事。希望每一个来到黄果树的人，都能像记住瀑布那样记住这些大山的孩子。

她对孩子们说：如果你们看到有旅游大巴经过，一定要对这辆车敬个礼，因为这里很可能就有帮助过你和即将帮助你的人！

你能把名闻天下的瀑布和大巴车内的故事联系在一起吗？瀑布不是眉飞色舞地演说着它生动的台词吗？你是不是觉得它在哗众取宠？大山那么深沉，长时间与瀑布的耳鬓厮磨，早就懂得大瀑布不停歇地奔涌，是在用自身的大美呐喊出大山的剧痛，它是想让衣食无忧普通的生活方式进入大山的每一个角落。它想用它的呼吸牵动那些心跳和目光。北方的充盈、江南的丰泽，应该在这里融合成一个血脉相通的灵魂，共同托举着大山的气魄与生命。这瀑布于形于态、于古于今，于文化含氧量或经济含金量，都没有不昂扬的理由。更何况它的博大在不知不觉中颠覆了一切狭隘和自私。它用与众不同的达观和奔放接纳街衢巷坊逼仄的倾诉；用涤荡烟尘的清澈慰藉环堵萧然的落寞；又风轻云淡地把困厄和磨难酝酿成一缕缕心旷神怡的气势，它也一定要让大山后面被时光禁锢的哀怨的目光荡起涟漪。

"以黄果树的名义"，这是醒世的语言！黄果树懂得，徐霞客懂得，这个把大美最早送给世界的老人，他有能力让世界亮起惊慕的眼神，也定能给后人带来爱的福荫。白水河后坚定向远，它的流淌里有和生命维系在一起的使命，那些需要润泽的田园和孩子，正期待着爱的滋养。如果老先生地下有知，一定会在泉台竖起一面黄果树的旗帜。

走下大巴，全车人员向年轻的导游深鞠一躬，这是我们"以黄果树的名义"最真诚的敬意。

## 上饶寻芳

　　从没想过,去上饶,不是因为奇峰瑰石,也不是因为瑶草琪花,却是因为一群人,一个叫《三清媚》的组织。

　　这群人,在上饶等了我们十年。我们来时,北方立冬的饺子正热腾腾地发出践行的信号,杨树金黄的叶子也正和树枝依依惜别,一片片缓缓落下,又在树的根部匍匐辗转,做最后的凝视。我把北方冬日的落寞装进行囊,希望在三千里外的江南水乡给它一个温暖的惊喜。

　　六个多小时的高铁,我把历史赋予上饶的各种光环重新贴到它身上,"帆樯四达,商贾辐辏""八方通衢""万年贡米"、连史纸、朱子理学,环环相扣成一个阔大的背景引领我翻滚的思绪时,眼前的上饶却让我忘记了准备好的所有台词。古木参天,小桥叠韵,月牙小镰在金色的稻海中收割着美丽的乡愁。像一首平韵长调的《玲珑玉》,或一曲耐人寻味的《菩萨蛮》,纯净娇媚、淡然娴静。尤其当毛素珍,这位"《三清媚》女子文学研究会"的掌门人,和她那群追随者满脸笑容迎接我们时,默默对视,轻轻拥抱,手的温度在指尖传递,只这一次牵手,便开启了无法割舍的缘分。

## 筑梦的女子

　　面对她们，我只想说一声：我来晚了。她们就这样微笑着走进我的记忆。江南的唯美刻在她们的一颦一笑中。生命的从容和舒展，鲜活和柔韧，在那些女子十年的坚持中沉淀得淋漓尽致。

　　都说江南是中国文人的梦境，在上饶，"《三清媚》女子研究会"就是一群筑梦的女子。十年前，毛素珍毅然扯起一杆"三清媚"的大旗，"三清山下的妹子"，她要扎根乡村，在乡村寻找文学的灵魂。她的目标就是要整理上饶历史，挖掘人文底蕴，书写上饶乡愁。实现三个一的目标：创建一个文学镇，创办一本百年杂志，发展一万名会员。她组织本土女作家到上饶各景区及乡镇采风；邀请全国名家名士到上饶，把上饶的古巷驿道、高仪雅韵、物埠民风，借助作家的笔，用文学包装成一张靓丽的名片，她要让上饶聚焦世界的目光，用文化领航，用文化注册自己的精神家园，走出一条文化上饶的路。

　　一个女子，一袭黑衣，红色的丝巾在风中映衬着疏朗明媚的脸庞。她语调平缓，像桥下缓缓流动的溪流。"去走走我们上饶的古驿道""看看我们的状元村和千年银杏树，感受上饶不一样的韵味"。她随手捡起被叫作"万字梨"的一种果实放进嘴里，似乎这些美丽的痕迹和经霜后更加甜美的万字梨一起甜到了心里。

　　十年了，她建立的《三清媚》写作营遍布上饶许多县乡村镇；她创办的《三清媚》杂志走进了上饶很多的家庭和单位；她主编的《我到龟峰来看你》《女子眼中的上饶》汇聚了梁晓声、梁衡、周大新等许多名家及本地作家对上饶的关注和敬慕。她创建的"三清媚文学庄园""光阴的故事""龟蜂写作营""虹桥上·六一居女子写作营"，这些文学的殿堂像一株株春笋挺出尖尖的嫩芽，等待阳光的爱抚。在每一个殿堂里，都有一个不计报酬、不畏寒暑的女子守候着这份对文学的痴念。她们都有一个美丽的名字：秋莲、雅云、戴戴、唐糖、茉莉……在上饶，她们有一份责任：用文学担道义。她们修炼自己，也培养孩子。她们创造了上饶独一无二的新名词："文二代""文妈妈"。这些用文学迎接世界的女子，像一道上饶的精神佐餐，正在影响着上饶，影响着走进上饶的每一个人。难怪著名作家梁晓声称赞她们"构筑了中国文坛一道亮丽的风景线"。

上饶那些令人心旌摇曳的风景、传说、历史故事一直在默默等待，等待《三清媚》的女子们与上饶灵魂的对话，等待我们这些与文字相伴的有缘人。

我始终记得一个率真且憧憬的表情，笑意里带着羞涩，说着自己的梦想：我是一个喜欢驾着梦想远行的人，我希望有一天去中央电视台做演说，然后找个寺院，安静地把自己的一生写出来。就这么简单，把自己十几年甚至几十年的心血化作一场倾诉，然后在青灯古刹的静谧中回味一生。在物欲横流的当下，面对这群无欲无求的女子，除了内心涌出的敬慕和仰视，哪一个词能有千斤的重量能挺起她为这个社会带来的能量！今天，我们来了，那就陪着这个驾着梦想远行的女子前行吧，去看看上饶那些巾帼不让须眉的创举，去寻觅上饶呼之欲出的过去和即将到来的辉煌。

## 小洲岛

余干县小洲岛，是我们到达的第一站。在这里，《三清媚》负责人与河北名人名企联谊会共同揭开了"三清媚小洲岛创作基地"的序幕。

美丽的信江伸出长长的胳膊拥小洲岛入怀，一个旖旎的梦在古木的葱绿和稻海的金黄中诞生。这是上天一个充满浪漫而激情的创举。也是三清媚留住这份美好的开端。

小岛如画。画中白色的沙滩似一条玉带环绕在小岛周围。走出丰水期的信江，像一幅巨作落幕，它的目光里有了安稳的渴望。小洲岛是个可以偷懒的地方，也只有在这个季节你才能看到信江偷懒的憨态。它累了，它不曾停息的脚步渴望人间的烟火去濡染它的野性、聆听它的委屈。它把自己的心情幻化成白色的沙滩晾晒在小岛上。你无法用笔墨勾勒它的纯静和形状，它慵懒得像一只熟睡的小猫。脱掉鞋袜，赤脚走进它，用肌肤之亲感受几百上亿年的生命气息传递给你的温度。像我们一样呼喊，为一根绳子激发的相向而动、手脚并用的执拗；为一只足球打破矜持而带来的你追我赶的欢愉；还有稻田地里无需铺垫，为体验稻粱谋挥镰而收获的惊喜。这种体验，让我们逃离循规蹈矩的时间的束缚，生命的清欢在瞬间僭越了正常的轨迹，真实的质感突围般喜悦。

我们骑车在小路上慢行，雨点若有若无地落入发间、脸上，像在提醒我们这些冒昧的不速之客，不要忘了和周围那些古老的樟树和杉树打个招呼，它们是这里的老人家呀。我们大笑着自报家门给老树、给信江、给小洲岛的花草虫鸟。它们是需要记住我们的，就像我们已铭记住它们一样。远处的红土地倒映在信江蓝绿色的背景中，成了山水画最鲜艳的一抹。一位牧羊人赶着羊群挤进这幅画面，白色的羊群像一朵朵点缀在红土地上的云朵，勾勒得无可挑剔。

小洲岛太美了，美得让人没有勇气去怀疑中秋之夜那个美丽的传说，我也深信，定是那位仙女被信江清澈见底、鱼儿闲游的惬意吸引，才忘了回天庭的时间，以至于在天鼓急催下把白色的纱巾遗落岸边，变成今天白色的沙滩。

听着这些传说，目光却追随着这些女子的身影。一群美丽的女子，一个美丽的小岛。一个在行走，一个在等待。一个是由内而发散的美，一个是由外而聚集的美，却在不同的时间、相同的地点相逢，是一种巧合，还是一种延续？这种美丽是否能撑起你对不曾经历过的岁月的想象？据说，现在看起来温柔乖顺的信江，在丰水期到来时，沙滩只能惊恐地看着它横冲直撞，把小洲岛变成一个泽国。小岛只能眼巴巴地看着小船来了又走了。

我没见过小洲岛大水浸漫的场景，却感恩在它心情最美时与之相遇，或许是一种心理补偿，或许是一种缘分使然。小洲岛的多情，吸引着我们眷顾的眼波，它带着生命的绿色与我们融合，和平、友善。它的眼界和气度，一如从生命的活力和情调中走来的《三清媚》女子们，吴侬软语中突然掺杂的北方方言，在大家的惊奇中，带着北方粗犷方言的我们，或许被吴侬软语浸润的灵感激发，有了想入非非的冲动：笔尖一抖，黄河和信江挽臂走来。鸥鸟振翅，海阔天蓝；一群女子，衣袂飘飘，澎湃于心的激情在高远的晴空下凝聚成一股张扬的自信，那是文化筑成的精神高地的底色。

## 读书林

"真美！"这念头让脚步迟疑了一下，顾不上仔细打量这些盛开的木芙蓉，因为我听到了蝉声，没错，就是蝉声，在江南的深秋，在弋阳县漆工镇湖塘村的古树林，那个叫敏伢子的小时候读书的地方。这蝉声，早早从北方我的家乡消失，却来到这里用声音做向导，是怕我们迷路，找不到那颗伟大灵魂的诞生地？还是怕失去了敏伢子读书声的树林太寂寞，千里迢迢来陪伴它们？

几百岁的古树林，不知道经历了怎样的杀伐或惊心动魄的磨难，粗壮的苦槠树、青棡干、香樟树，高接云端，默然矗立，像一群鸡皮鹤发、蓬头历齿的老人。枝枝叶叶间，藏着那些旧时的岁月。岁月的风霜，让这些枝叶的每一次摇曳都充满思考般沉重。这是一群不再喜欢喧嚣的老人，它们沉浸在过去的回忆中还没有醒来，我们只好悄悄顺着青砖砌成的小路轻移脚步。而那些青灰色石碑上的文字又情不自禁地让我们停下脚步，恭敬且虔诚地诵读："到那时，到处都是活跃的创造，到处都是日新月异的进步""这时我们的民族就可以无愧色地立在人类的面前，而生育我们的母亲，也会最美丽地装饰起来，与世界上各位母亲平等的携手了"。这些就是敏伢子从狱中流出的对生命最后的期盼和敬畏。

敏伢子，这个江西党组织的创始人之一，闽、浙、皖、赣革命根据地和红十军团的缔造者。他有一个家喻户晓的名字——方志敏，但当地人还是喜欢叫他敏伢子。而今天，我也随着生前他母亲和当地乡亲的叫法，亲切地叫他一声敏伢子。他是闽、浙、皖、赣人民的敏伢子，也是全国人民的敏伢子。

这里的老人说，敏伢子小时候经常到这儿来读书。这片林子已被命名为"方志敏读书园"。的确，石碑、题字，到处都有他的气息，到处都有他的影子。我似乎看到那个四岁才会走路，体弱多病的敏伢子一袭白衫，双手捧书，朗声诵读着向我们走来，停在那棵三个人才能合抱过来的苦槠树下，那棵树不知道遭受到了时间怎样的折磨或人为残酷的暴虐，主干已被掏空而死，而从旁侧斜生出的一株枝丫却又顶天立地撑起一片绿意，他仰头、拥抱。随后又走向不远处已经死去的一棵杉树，看着寄生的千根草环绕在它风干的枝干上，一层一层稚嫩的绿叶不慌不忙地向上衍生，杉树干枯的枝杈以一种残缺而悲壮的美自信地直指天空，昂扬的生命让一切痛苦和遗憾毫无遮拦地淡化或隐去，形成古树林里一道震撼的风景。他高亢而洪亮的读书声，在树林上空久久回荡。

一条小桥横亘在古树林的出口，像一首诗句里起承转合的转句，一段庄严的历史被一片徽派新居接管，一种生命被灰顶白墙舒展成鲜活的信号。湖塘村，这是敏伢子出生的地方。他华彩的生命乐章从这里开启，他白衣白马，守卫在国弱民贫的历史当口，用战争和死亡抒写了一首悲壮的历史华章。他十六岁时写就的"心有三爱奇书骏马佳山水，园栽四物青松翠竹洁梅兰"，已开始用美好的信念来撬动腐败和萎靡的国势。他的忧患和激情，让他在有限的革命生涯中，建奇功无数。他组织了"弋阳青年社"，出版了《寸铁》旬刊；领导农民运动，建立了农民自卫军；创建并运用"声东击西、避实击虚"战术，一年内连续打退国民党军四次围剿；首创了股份制，发行股票；首创地雷战、对外开放边贸政策……

一个多才多艺的领导者降生在那个灾难的年代，是那个年代的幸运。生活的重轭，让他更加深沉且睿智；黎明的呼唤，托起了他笑指沙场的达观和使命感，他把自己用热血铸成一把直抵对方心脏的利剑，在金钱和权欲的诱惑下，带着一颗清贫的灵魂视死如归。我们在《三清媚》刚刚建立的"方志敏红色创作基地"齐声诵读他的《清贫》，读到被敌人发现时搜出的"一块怀表、一支水笔，再也一无所获"时，好多人的泪水再次流下。在无人知道"清贫"是为何物的当下，每一个为民请命之人，是否该用方志敏的"清贫"来洗涤一下自己的灵魂，让那些云蒸霞蔚的权势停顿一下，为肚满肠肥的官者找一个良心发现的反思口，也让阴霾弥漫的天空为众生吐一口喘息的洁净空气。不管清贫是一种精神富有，还是一种人生信仰，都是当今社会急缺的一种思想境界。

晚上，借宿湖塘村，这是《三清媚》组织者特意安排我们和村民的一次接近。那种被老乡远接近迎的感觉真的是像迎接红军的到来。一脚踏进，就觉得有一股红色的讯息在流动。老乡家迎门墙上一个金色的镜框里镶嵌着"祖上光荣故事"。老乡的二叔方荣跃也是跟随敏伢子闹革命牺牲的，牺牲时年仅二十一岁。下面是方家的族谱"世、代、名、高、远、荣、华、富、贵、长"，老乡的二叔和敏伢子如果按族谱都是"荣"字辈的兄弟。单从族谱看，"荣华富贵长"就体现了方氏一族对后世寄予的希望。

简单的交流便解开了一个疑惑，方志敏十六岁的对联便是他一生的写照。祖国便是他的"佳山水""松、柏、竹、梅、兰"是他一生的珍爱。他曾用"松、柏、竹、梅、兰"作为他的五个子女的名字。这些发于大地的生命都是他灵魂的寄生地。在这，我又看到了一棵盛开的木芙蓉，一棵树上不同的白色和红色的花朵，那么安静地绽放着。木芙蓉朝开暮谢，每天每朵花会演变成三种颜色，早晨一尘不染的白色，像花中的贵族；中午开始半白半粉，像鲜血浸漫；晚上彻底变成红色，并慢慢合拢以示凋谢。我忽然想起方志敏在《可爱的中国》一书的结尾写下的那段话："假如我不能生存，死了，我流血的地方，或者我瘗骨的地方，或许会长出一朵可爱的花来。这朵花你们就看作我的精神寄托吧！在微风的吹拂中，如果那朵花上下点头，那就可视为我对于为中国民族解放奋斗的爱国志士们，在致以热忱的敬礼；如果那朵花是左右摇摆，那就可视为我在使劲唱着革命之歌，鼓励战士们前进啦！"

"千林扫作一番黄，只有芙蓉独自芳。"它清姿雅质，独殿众芳，最后血尽而逝，像极了敏伢子的个性。我终于读懂了木芙蓉的花语，它在告诉我们，八十多年来，它始终守望在这里，我们的敏伢子，叱咤风云十多载，终于能在家乡的土地上歇息了。他化作一缕花魂，守护在家乡的土地上，守护着那些与他一起浴血战场的亡魂，还有他的父母乡亲。他来陪他们，一起看家乡和平的太阳升起；一起看家乡的山峦叠翠；一起到读书林与那些百岁的老者坐坐；还有他的松柏竹梅兰。

风起了，看，木芙蓉随风摇曳，上下、左右，左右、上下，你读懂了吗？来吧，让我们一起向湖塘村的每一朵花致敬。

第三辑 思悟篇

## 邂逅"皕书楼"

> 为一些经历，一些挫折，盛气淡了，棱角没了，渐渐重拾自己的喜好，并沉醉其中，以至于感觉：天蓝了，心暖了，于是，喜欢躲在某一段时间，某一个地点，想念那些行走在生命中的微笑与静笃……
>
> ——题记

来到这个城市，渐渐地发现，这里的水质很差，原来洁白的牙齿蒙上了锈色，随即买了饮水机，换了纯净水；又发现，这个地方的卫生也很差，路上很少看见环卫工人的忙碌，随即，把白色的衣裙换成了灰色；再次的发现就是治安也不太好，经常能看到拿着砖头和棍棒的场面……在越来越多的发现中，感觉自己越来越多的沉默像书中的故事情节一样，深埋在每一个字里行间。

沿着僻静的小路，踩着夕阳最后的余晖，不知不觉来到了火车站，下意识地买了回家的车票，那时手机还很少，在街旁的公用电话亭打了电话,告诉妈妈:我想吃饺子了!还有一段时间上车,和这个城市做一场最后的道别吧!在站外,环视着街道两旁的建筑和行人,无论吆喝声还是匆匆的身影,感觉都是那么陌生,一种愧疚油然而生。放慢脚步,尽可能多留一些痕迹在记忆里吧。

八年了,好像从没注意过这个城市的变化,骨子里的吝啬,让我很不情愿找一个好一点的词语来代替印象中的粗俗。所以对这个城市的叛逆,时时爆发在文字或随时打好的行囊中,甚至直抵车站。这样走着,看着,想回返时,拐角处三个字震撼了我:丽书楼!"清朝有个丽宋楼,口气不小啊",心里想着,拨开淡紫色的风铃,走进这个书屋。书屋并排有三个隔断,每个隔断上方横木的宣纸上,从左往右用楷体写着:吟香,染秋,守拙。屋内人不多,摆放的书籍很整齐,我粗略地看了下,吟香栏大多是诗词类;静心栏大多是励志类;守拙栏大多是现代名家的作品。并且在名家栏的下面,有一个特殊的书橱,好像是一些自印的线装书。还没等仔细看,一阵阵茶香飘来,才发现最里面楼梯旁,根雕的茶几后面,优雅的女主人正微笑着迎接我的到来,才知道这紫色风铃的作用,除了装点主人的心境,也唤起她对来人的礼貌。女主人打量了我一番,引我走到"吟香"前,递给我一本《行走在宋代的城市》,然后又微笑着示意我上二楼,我犹豫地看了下表,又看了看手里的书,对文字的喜爱和对这本书的好奇,让我拾级而上。二楼那或看、或写、或评的场景,从此改写了我生命的旅程……

这本书,让我错过了回家的车,也让我认识了一个敢把小书屋起名"丽书楼"的女子,以及一群文风妖艳、情调迥异的"文字痴人"。更让我感受了破茧而出的疼痛,当用眼泪浇灌了心中的那片草地后,决定扎根这个城市的想法在一次次挣扎中终于如蝶飞出。

在"丽书楼"里,我迷恋雪小禅独特触角的文字,她的质感和棱角,让我感到微芒刺身,又觉得是一种诱惑和沉溺。我们谈论着她的"银碗盛雪"，互相玩笑着谁先做"煮字疗饥"的先驱；学着林语堂面对台下的学生，眼神迷离，缓缓开口：绅士的演讲，应当是像女人的裙子，越短越好。然后是一片掌声，一阵唏嘘。

谈过了今人谈古人，论过了诗词论红颜；由"落花犹似坠楼人"的绿珠说到石崇的"你不是细骨轻躯，哪得百粒珍珠"；赞许着王雱的睿智故事"獐边是鹿，鹿边是獐"。更多的是对"伤心桥下春波绿，曾是惊鸿照影来"的遗憾和对"卖花担上，买得一枝春欲放"的欢欣。

在以后的时光里，我时时怀想着这样一个场面：书林四壁，群坐书城，享受香茗散淡、墨香四溢的精神道场。

夏花绚烂，寒梅清欢，金蕊兀自嫣然，时序更迭中，二楼杯中的"老白菜"偶尔会被另一种馨香替代，你喜欢的拿铁，他喜欢的蓝山，而我依旧是星巴克家族到处都有的卡布基诺，杯中的氤氲，笔下的葳蕤，在每一个闲暇的午后，每一个霓虹的黄昏，我们汲取生活给予的豪情，描摹一朵云彩的形状，让它生出绮丽的花朵；我们引导一段故事启程，让主人翁的灵魂在笔端升华。

"皕书楼"成了我的精神佐餐。我已经习惯了与它相濡以沫的这场守候，相守的每一寸光阴里，心与心的默契，墨与茶的相融，生活中的这些遇见，是一路缘分的延续，远在他乡，遇见了该遇见的，不求深浅，只求珍惜，只求那份温暖灵魂的感动。"皕书楼"，就像三毛的那棵树，在邂逅的主菜单上，以永恒的姿势，一半在文字里安详，一半在心中飞扬；一半洒落阴凉，一半沐浴阳光……

## 镶嵌磁石的地方

我始终认为，无论人还是城市，记忆都是有选择性的。在十月十六日《沧州日报》文化八仙桌现场见到王翔时，我更坚定了这个想法。你看，他握着《百家讲坛》的入场券，步履轻盈地回到故乡。清风楼雅韵悠悠，运河水缓缓流淌，它们似乎在千年前就准备好了这场盛大的欢迎仪式。王翔像个胸有惊雷面如平湖的将军，棱角分明的脸上却充满了让人一不留神就沦陷的深邃。

果然，话未过三，你的思路便与他同时回到过去。那里似乎有一条绳索，牵引着他一路荆棘地走来。一出生，他就双脚踏在了《诗经》的土地上。献王刘德的声音还响在耳畔，毛亨毛苌的脚印还清晰可见。当然，还有伴随着他长大的父亲读书的身影。这些影子像一块磁石，镶嵌在目力所及的远方，吸引着他去洞悉一个斑斓的世界。好奇的种子发芽了，势如破竹般长出了梦想的藤蔓，长出了那个小村庄，长到了沧州师专。

最适合这株藤蔓的土壤，在师专的图书馆。他沿着空气里流动的墨香，又看到了那块磁石。镶嵌在《诗经》《左传》《史记》里，长成了一个个鲜活的人物。下了课，这些人物就会在他眼前晃来晃去，晃得他饥肠辘辘，然而这种饥饿却不是任何一种食物能填饱的，只有去图书馆，以至于师专图书馆的每本书都认识他，每本史册都能与他熟练地对话。在这，王翔有一种感觉：理想是解渴的。干渴的向往得到了滋润，那是某个年代某个事件集结的甘露。许多人不理解他，说他是泡图书馆的书呆子。他却说，唯有癖好，方有专长；唯有癖好，杂念才能释然。他不在乎别人怎么说，心无旁骛，他要让这些沉睡的年代丰满起来；让那些人物鲜活起来；他要在这些历史人物中寻找他的精神食粮，然后让粮食在自己的心中发酵，直到有一天酿出甘醇的佳酿。

　　时间在走，藤蔓在长，师专图书馆太小了，家乡的视野太窄了，磁石在古老的皇城根下发出诱惑的光芒。磁石远了，引力反而更大了。他忽然想起隐居在普林斯顿的著名历史学家余英时先生接受采访时说的一句话：我在哪，哪里就是中国。王翔对文化的挚爱又何尝不是这个道理，他爱的文化在哪里，磁石就在哪里。他心甘情愿地做一块文化的铁。王翔什么都不顾了，顾不上聚会，顾不上吃饭，他要与磁石汇合。他选择了北师大研究生，选择了古代文学研究。从沧州到北京的路，王翔叫它"方便之路"，是用一千袋方便面筑起来的路。这条路，以最近的距离连通了北京，也以最长的时间连通了历史。一千袋方便面到王翔的肚子里，要用一年的时间。一年，对于王翔来说，方便面早就没有了味觉的享受，只充当了饥饿的使者。但这条"方便之路"也叩开了他的另一扇大门。

　　作为研究生的王翔，迈进北师大门槛那一刻，又发现了那块磁石。它就镶嵌在北师大图书馆。虽然这座图书馆比沧州师专要大几倍，可那块磁石像那颗永远不变的北斗星一样一动不动地嵌在那。直到王翔留在北师大二附中任教，直到他成了名师。听过王翔课的同学都说，他不只课讲得棒，讲做题方法更有一套，不信你看学生们高高举起的条幅：语文教学哪家强，师大二中找王翔。

有一天，王翔发现那块磁石不见了。正当他找寻不到的时候，在电视上看到同事纪连海正在央视《百家讲坛》讲纪晓岚。那块磁石正镶嵌在《百家讲坛》上。那时的王翔，对曹操、曹丕、曹植的解读，已远远超出了对"三曹"敬仰的界限。我曾一直纠结于王翔诗话"三曹"的原因，抛开对曹家轰轰烈烈山河重建的褒贬不提，单就"三曹"词采华茂的文风，甚至在整个中华史中都占据位置。在文化八仙桌的阵阵掌声里，在知道他"最喜欢"曹操时，我一下子释然了。那块磁石的一个引力点便是"三曹"，他从"方便之路"走来就是为了叩开百家讲坛这座大门，就是为了给曹操竖起一个公平而赞许的大拇指！

大师们都着迷于"汉唐文明"，在这块历史高地上挥毫泼墨，却忘了汉唐夹缝中的曹姓人家，始终背负"生前欺天绝汉统，死后欺人设疑冢"的骂名蜷缩于地下；忘了"天下三分月色，两分尽在曹家"的华夏文化；更忘了停下脚步听听"水何澹澹，山岛竦峙；老骥伏枥，志在千里"的人生格局与生命绝响。王翔不但没有忘，而且是"喜欢"。我想，让王翔喜欢上这个乱世的，应该就是波德莱尔笔下的这些"恶之花"吧。使他在权术相扰，金戈铁马中，透过弥漫的硝烟，倾心于文化浓度和高度都盛于任何时代的曹家。

走进曹家，就意味着王翔把文化审视点，定在一个极高之位。他要为整个历史负责，给历史某个时段的人物一个新生。也意味着王翔要放弃生活中许多普通人应该拥有的东西，比如逛街，比如喝酒闲聊。时间对于他越来越吝啬，他要对一切除了曹家和书籍有关的诱惑说不。

本来王翔擅长的是先秦两汉的文化，"三曹"的课题摆在面前后，王翔竟用了十年时间去突破这个许多人重复过的话题。央视用三年的时间，从各种角度对王翔与他的"三曹"进行考察。这种压力对于一个从"方便之路"走来的人该用怎样的一个词语来描述啊！但对于王翔却不一样，他的筋骨早已不是方便面的柔弱，他的钢筋风骨里浇筑着他的梦想，就像他说的：我不会接受一切，但是凡我接受的，爱得不会迟疑。每当疲惫和退缩来袭，他就会到篮球场去，那是他最有效的解脱方式。王翔说，他经历中有一点很重要，那就是他能为梦想未实现时带来的挫败感寻求出路，球场便是一部史书，进球就是一场奋斗，球框便是那块磁石。到球场上去战斗，去体味每一次进球的快意，这种快意已化作他那美好梦想的影子，很容易让人上瘾的。

至此，所有的人都应该明白，他坐在文化八仙桌后的平淡与坦然，是怎样练就的。如果一个诱惑，你连等三年后才来，肯定是疲惫的。无论成与败，都不会有太大的喜悦，只有被磨得很平的心态。

文化八仙桌的台下，坐着他的村党支部书记、小学老师、初中老师、同学们、同乡们等，把清风楼一楼围了个水泄不通。最后的观众发言环节，谁发言，王翔便会恭敬地走到面前。你会记住他的话：每个人都不错，只是我得到的机会比别人多。

曹操可能从没想过，被世人挂在历史城墙上唾骂和鞭挞多少年后，还会有人把自己的名字挂在历史文化的功劳簿上，我们不得不发问：是曹家的幸运，还是历史的幸运？王翔的身影和矗立千年的清风楼一起回答了这个问题。他笑着告诉我们：有可能那块磁石会镶嵌在《百家讲坛》的《古文观止》上。看着他舒展的笑容，有一个画面扑面而来：历史突然泥沙俱下般向他涌来，很快又清澈如水般缓缓流走……

## 相忘于江湖

屈指算来，从机场的分手到今天整整三年，这三年我知道你把太多的委屈和遗憾带到了大洋彼岸。你不愿提及和这个城市有关的任何信息，我们很少的越洋电话也只是述说一下你的父母兄弟。

我不知道你现在的生活中是否有阳光的照射，不知道异域的海风能否吹散你骨子里冰冷的叛逆；你曾住过的那条街道，我隔几天就会有意无意地走过，虽然那是一条逆行道，我必须绕过"一中"拥堵的学生群和满街吆喝的小商贩，才能看到你住过的那间小屋，现在已成沿街的门市，我习惯把车停在对面的公路上，摇下车窗玻璃，看着被各色女士服装挂满的墙壁，想着曾经发生在这个小屋的故事。对于我这个习惯在网上购物的"宅女"来说，街面小店的服装早已不适合我已崇尚时尚、追求淡雅和飘逸的眼光，但还是去那个小屋逛逛，看看是否还有几年前我们把玩过的小玩意或遗落的影子。

偶尔也会碰到那个曾与你私奔云南的"高材生"，简单的寒暄后，知道他已停薪留职，自己办起了一个能发挥自己专业的小厂子，只是没有了你在时的幽默和整洁。

这几天，你总在我的梦中出现：牛仔裤，白衬衣，歪着脖子嗔怒地笑着……不知道现在的你是否已是一袭长裙，长发高绾？想象着你的样子，我一遍遍看着你空间那一盆盆不知名的花，看着它们晶莹淡然的绽放，看着它们无欲无争的清雅；还有那一地悠闲啄食的鸽子；儿子上学前回眸的笑容；我知道那些委屈和遗憾，早已化做肥料被你埋葬在花下，你终于找到了一个在心灵上与你门当户对的人！在为你高兴的同时让我也开始仰视那个有着西方血统的博士，他的宽厚和博学终于给你插上了梦的翅膀，你终于找到了能给你幽雅情趣的人，这算不算就是在合适的地点找到了合适的人啊！让我想起："世有解语花，凭谁解花语"，这句话的出处应该是唐明皇对杨贵妃所言"争如我解语花？"屋前这些蕴含着鲜嫩生命的花朵不就是你最好的诉说吗？

昨天，我遇到了"高材生"，相遇时他显得有些尴尬，他的左手牵着一个"小姑娘"（确切地说长得不太成熟），看到我又赶紧松开了，他见我打量着"小姑娘"，忙给我介绍说是在他工作的那个小县城认识的，我看她穿着不太合体的衣服，疑惑地看了他一眼，他看看我，又看看"小姑娘"，有些不自然，仔细看才发现怀孕四五个月的样子，脸像很多天没洗，怯懦地站在墙角，摆弄着粉红色的衣角，游离的眼神和这些穿着西服说着普通话的年轻人极不协调。我请他们进屋时，"高材生"压低声音问了我一句：有消息吗？我知道他是在等我告诉他你的消息，我笑了笑：应该很好吧！我知道他惦记的不只是你，确切地说他惦记着已经能用英语和老师在课堂上对话的儿子。我告诉他，他的儿子是那个学校唯一一个第一天上学没有家长送的中国孩子，不过本来十五分钟的路途，他却用了两个小时，当他用蹩脚的英语和同学们打招呼时，慈祥的意大利老师给了他一个欣赏的拥抱。"高材生"表情复杂地点着头，嘴里不停地重复着三个字：那就好，那就好。过了好久，摇了摇头，又笑笑，拉起

"小姑娘"，挥挥手，推门而去……

都说世间的感情莫过于两种：一种是相濡以沫，却厌倦到终老；另一种是相忘于江湖，却怀念到哭泣。我想这样的生活无法让你对号入座，你只适合"相濡以沫"或"相忘于江湖"的形式，结尾无法预知。

以后的几天里，脑子处于极度空白期，往事像断片的电影，一页页翻转。岁月的流逝，似涓涓溪流，又似万马奔驰，"隔一程山水，你是我不能回去的原乡，与我坐望于光阴的两岸。"这种涩涩的味道，是凄楚还是无奈，是阐释还是超脱，百结柔肠，以残存的坚强固守着一个心痛的高潮，尘封桃花雨落的三月密密斜织的心事，静待青丝高绾的心结触动激滟的波光……青春的筹码，在浪涌的湖面，散落万里晶莹，飘散在一苇独航中。

不经意间，那些幸福或烦恼堆积的日子，像青春一样在我们身后消逝。在每一个风起的日子，翻转那一页页曾有过的春暖花开，即使那种激情已不再荡涌心怀，而每一个剪影所述说的故事，无一不在告诉我们：爱，我们曾来过，即使远去了青春，但曾经的刻骨铭心，虽然没有牵手到相濡以沫，但相忘于江湖的怀念又有谁觉得不是一种奢望呢！

## 奔忙在"沟回里"的小北们

不知何时起,"沟回"成了献县的代名词,并在我们的小圈子流行开来。

第一次踏上献县那片神奇的土地,我们就被俘获了。那时的太阳似乎穿越过两千年的时空,在泛着金色的土地上诉说着自己的存在。滹沱河故道、老唐河故道、雄浑的单桥、以及遍布在献县的大大小小的汉墓,像被闲置的旧房屋,沧桑而寥落。在古乐成遗址,我们的步子变得那样小心翼翼,生怕不经意的一脚,便损坏了它的文化灵魂。

回沧州的路上,医生诗人说:"离献县越远,越会感觉到献县的大地就像人的大脑。"

"怎么这么说?"有人问。

"你想想,那古河道与汉墓群,像不像大脑沟回,也就是大脑皮层上那些大大小小的褶皱。"

"像极了。"

"不但形似,神也似,大脑里复杂的褶皱,使得体积不大的脑可以拥有很大的表面积，产生较高智能。献县从献王刘德带领三千儒生再生的中华文化的意义上讲，就是一个大脑。"

　　渐渐地，几乎走遍了那里的每个村庄。那里的老人说：清朝时，过献县的文官要下轿，武官要下马，参拜献王，皇帝也不例外。那个两千年河间古国的精灵，睡着了，一睡就是上千年。

　　诗友小北，地地道道的献县人，我们去献县的理由，是因为他身边有一群文化痴迷者，经常去献县的"沟回"寻访。第一次，是几年前，他们在八屯村一段残存的古长城堤上，突然有了一个想法：记下这些陈迹，要不再过些年，可能就看不到了。他们想把这个精灵唤醒，想让日华宫的雄伟、君子馆的繁忙驱散历史的灰尘。想让毛苌、贯公、王定们再次云集这个古老的都城。

　　翻族谱、记传说、觅古籍、拜老者是他们寻迹的方法。对照古籍的资料，逐个地查对、核实。钓鱼台旁，志书上记载的高四米的"大疙瘩"，已被拔地而起的高楼削成了不足一米的平台，小北和同伴们感到惋惜，于是，荒草中，丛冢间，一点点寻找废墟的痕迹、遗物。为了找到"玉皇阁"的准确位置，每逢周末，他们一人骑上一辆单车，带上纸笔，带上修补车胎的工具，太阳还在熟睡时，他们就已在路上了。遇上年迈的老者和过往的路人，就去求证一些古老的往事与传说。为了查证"中水古城"的存在，他们跑遍附近的村庄，扒开厚厚的雪层，查找古庙、水坑或遗留的盆盆罐罐。有时，特意在大雨的天气，来到高速路旁修路取土的断面，寻找大雨冲刷后的遗物，探寻遗物的年代。乡间的小路坑坑洼洼，修补车胎也是他们这些年练就的行家本事，经常是补着车胎，和墙根下的老人们聊着过去。就这样，小北和同伴们日复一日地忙碌着他们工作之外的必做课题。

　　去北京时，小北一行人走遍了北京藏有地方文献的图书馆，因为没有那么多的电脑，他们用纸笔记录着大量与古"乐成"有关的名人轶事，记录来自首都图书馆的书单，来填充小县城的不足。晚上吃着方便面，想着这一天的收获，那种欣喜，让地下室简陋的旅馆一下子变成了总统套间；去山东，当查找了许久的课题与专家达成某一个年代或人物的共识，他们像孩子一样高兴得忘了吃饭。深夜归门，他们的笑容，一直荡漾在小餐馆那张大饼上……

后来，献县涌现出许许多多像小北一样的人，默默地唤醒着献县的精灵。渐渐地，县里成立了旅游局，着手对这些古迹的修缮和维护；渐渐地，毛公墓的周围不再荒凉，上千亩的竹柳日夜守护着这位为中华文明做出巨大贡献的博士；渐渐地，有了一座占地四百亩的献王陵公园。无论是西汉名相匡衡的云台山，还是著名医家刘完素的百草山，虽然没有世人瞩目的高度，却是献县人心中不可替代的丰碑；还有北齐那个冷板凳上出来的数学家信都芳，隋末起义领袖窦建德，都一一被小北们唤醒了。

前一段时间，小北们的献县文化研究会成立了，并举办了首届献县文化研究会，来自北京、山东、湖南、石家庄、保定的专家学者云聚献县，一起来到"沟回"来唤醒那个精灵。专家，面对来自民间自发整理的大量书籍和文献深鞠了一躬。他们是被献王吸引来的，研究了大半生，献王终于能踏上他的故土了。

专家们说，要拯救人文缺失现象，就必须弥补文化断层，一个没有文化根基的民族是没有希望、没有信心的民族。阐幽探微、彰往察来，是献县人的责任，也是我们每一个中国人的责任。为了让那些久远的历史生命鲜活起来，必须首先让献王"醒来"，让人们知道《诗经》《左传》及诸多先秦经典是怎样从这里得以传承的；知道世称"五代蓝本"的《九经》是怎样开辟了我国官府刻印书籍的先河；知道张岱年先生毕生潜心的中国哲学、文化研究，怎样融贯今古，议论恢弘，被誉为"哲学泰斗"的。

献县的"沟回"有太多的历史力量，难怪余秋雨先生说诸子百家在黄河流域奔忙。小北们，不也正在奔忙吗，并开出了《故乡，历史和花朵》。有人说，废墟是古代派往现代的使节，现代人知道自己站在历史的第几级台阶，他不会妄想自己脚下是一个拔地而起的高台。因此，他乐于看看身前身后的所有台阶。

　　小北们，仍在"沟回"中一如既往地寻找着祖先的遗迹。那些"沟回"似乎是献王派来的使节。小北们走在这弯弯曲曲的小路上。我想象着几百上千年后，小北们也被后人埋在这样的"沟回"里，充当记忆的使者，这样，献县的"沟回"就会增加，里面不但有了献王的味道，纪昀的味道，张申府的味道，还有了小北们的味道，那些凌风斗雨的酸枣树，是不是像守护献王及他的追随者一样，默默地守护着小北们？他们也会沿着车辙碾过的痕迹，走向历史的深处吗？

## 那个地方，我总想回去

母亲在的时候，我从未停止过做一件事，那就是：回到家乡。

离开家的二十多年里，我不记得多少次往返那条路，踏进那个永远在心里为我敞开的大门。汽车、火车、出租车、高铁。像一页页日历，载着时间严肃的面孔，撕下我稚嫩的笑容，折叠成飞翔的鸟儿，抛向空中。地下，有我挣扎抖落的羽毛；脚上，鸽哨磨出的茧子时时在梦中开出一朵花来；路旁，我歇过脚的那棵小杨树苗儿，早已挺拔成一棵茁壮的大树；而今，当一切只能在梦中出现时，记忆已在鬓角跳跃成银色的浪花，像小时候家乡袅袅升起的炊烟，曼妙的身段被走街串巷的叫卖声穿破；房前的菊花，屋后的樱桃树，还有母亲灯下的剪影，都似那时的鲜活。

记忆里的糖，那么甜，很多年都不愿意去尝试其他，怕淡忘了当初的味道。

小时候的夏天，似乎没有这么热，但放学的钟声一响，卖冰糕的就像约好了一样，从每条街道聚到放学的路口。一路尾随着放学的孩子，叫卖声一声接着一声，叫的树上的知了都感到了燥热，也一声紧似一声地叫着。我总是一溜小跑地跑回家，把叫卖声远远抛在脑后，然后喝着母亲事先放到水桶里冰好的山楂水，站在窗前看着外面。

卖冰糕的中年人把破旧的自行车停在小卖部前面的空地上，打开包着已经看不清颜色的棉垫子，露出棕色的木箱子，拿出一根裹着白纸的冰糕，送到一只脏兮兮的小手上。看着那个孩子三下五除二撕掉包在外面的纸，一边用舌头舔着冰糕，一边继续斜眼盯着冰糕箱子，然后被大人拽着，依依不舍地走开。

我是从来不管母亲要钱买冰糕的。那时的冰糕五分钱一根，我从不认为它比山楂水的味道好多少，除了凉了些。因为父亲在外地工作，每次回家时，我们就可以吃到他带回来的点心或栗子，或者一起去小卖部买一角钱五块的糖，红红绿绿的糖块可以随便挑选，还可以保存好几天。吃糖时，我们有很多乐趣，父亲会在一只手里放一块糖，而另一只手是空的，两只手攥成拳头上下晃动几下让我们猜，谁猜对了就可以先吃到那只手里的糖，猜错的就会被父亲在手腕上画上一只手表的图案继续等待，最后，我们可以鼓着腮、吐着舌头互相追逐着看谁最后一个吃完。而最小的妹妹到姐姐的孩子上学时，还习惯在他的手腕画上表的图案。

上初三时，父亲已调回当地工作，而我的学校却离家有十多里路远了。新修的滦河大堤在我上学的路上逶迤绵延。清亮的河水闪着诱惑的光，似乎顺着它走下去，就能看到生命中一种从未遇见的新气象。父亲上班骑的是一辆旧永久自行车，永久车的梁是横在前面的，而我因为离家远，拥有了一辆崭新的飞鸽自行车，车梁是斜的，便于上下，母亲还为我做了一个红色的座套。那种兴奋在当时是没有哪个词语敢站出来做陪衬的。因为那时年轻人结婚只要有手表、自行车、缝纫机这三大件，就相当于现在拥有了一二百万元的房子。自行车尤其是身份的象征，在人们心中的地位就象现在的宝马。可骑上它才发现，原来的路没有了，河堤不仅是土路，而且只有半米宽。当初的兴奋劲一下子在战战兢兢中沦陷，顾不上周围同学羡慕的眼神和啧啧声，使劲握着车把。可是车轮还是不听话地左右摇晃，满脸的汗水滴在这条没有尽头的路上，清亮的河水似乎也发出嘲笑的声音，终于在前面一个同学连人带车落入齐腰深的水中时，自己也吓得跳下车来，一直推到学校。

自行车被放了假，只有车上的那只鸽子每天目无表情地看我几眼，然后又垂头丧气地低下头去。我终于被母亲带到河堤上了。她手握车把，肩上背着我的书包。表情严肃：眼睛看着前方，手握紧车把，不要看河水，也不要看两边，脚用力要均匀。记住，你不要把它当成半米宽，就当是柏油公路，我不允许你掉下去，相信自己一定能行。

多少年后，我才知道，我是骑车的女生里唯一没有掉进水里的一个。我一遍遍回忆那时的情节，镜头却总是停留在母亲站在门外等我回家的那一刻。

儿时的夜晚，习惯了母亲干活我们写作业的彼此陪伴。母亲把父亲带回来的一面无字的纸装订起来，给我们用作验算纸，并用一张白纸做封皮，写上"语文、数学"等字样。我会学着母亲的样子用尺子一页页打好格子，一个漂亮的本子就诞生了。更多时候是舍不得把它用做验算纸而是用做作业本的。母亲做这些的时候，一缕头发总会从额头垂下来，因为母亲的这个镜头，我也在那时学会了一笔画出一个侧脸的剪影。在渐渐长大后，画面也渐渐改变了。

高中时代的住宿，就预示着开始了离家的日子。上学、工作、成家，在外的时间从一周、一个月开始递增到半年、一年。我的离开，母亲的生活里也多了一项任务，她会每天晚上坐在沙发上，雷打不动地等着新闻联播后的天气预报，看完了当地的天气，再看我所在的城市，如果是阳光明媚，她会面带笑容地站起身；如果有雨有雪，她会嘴里一直念叨着：你姐姐那天气不好，打个电话告诉她上班可要小心些，路滑不好走的。

　　回家的想法是冲动的，一个梦中的画面，一个久违的电话，都会牵动回家的情结。以前坐汽车、火车回家需要买票，现在开车随时就可以走了。每次的回家我都当做上学时的回家周。路会变得平坦舒畅，心也顺着路提前回到家中。煎炒烹炸的香味混杂着锅碗瓢盆的轻触，穿过几条街道，回响在耳畔，尤其肉丝炒饹馇是我每次回家的必备菜。姐妹们早早在家等候，母亲则是边准备饭菜边看着外面的动静。时间差不多时，车拐过一个弯，远远就能看到母亲站在门口眺望的身影。和每次一样，定格在心中：头发被风吹起，肩膀瘦削，身体单薄……

　　离家的时间超过了和母亲相守的时间，我感觉到时间在变老了，我越发想念父母和那个留有我童年乐趣的地方。我期待我能腾出时间守在他们身旁，像小时候一样，种几盆菊花，看着白白红红的花朵兴奋地手舞足蹈；种一棵樱桃，用红色的杯子盛满一颗颗白色的珍珠，拿一颗，含在嘴里，甜到心里。然而，母亲却没能赢过时间，这一切我还没来得及做，陪伴她一生的老挂钟在我猝不及防的惊愕中停止了摆动。

　　母亲走了，一直在家乡牵挂我的那个人走了，我发现我得了一种巴金老人的病——忧郁，这种基调开始贯穿我的生活。我在屋后的小路上一个人走着，想象着母亲会向我走来；我在餐厅的饭桌上会停住筷子，看着母亲坐在对面的沙发上对着我笑。我开始享受母亲带给我的这份忧郁。母亲肯定不知道她的离开给这个家庭带来怎样的动荡和慌乱；不知道父亲怎样无助地在外奔走，等到街上的霓虹渐渐隐去，才不得不坐在她坐过的沙发上，等待睡意的降临；不知道姐妹们踏进家门时，还会习惯性地喊出那句"妈妈"，却在没人应答时才明白沙发上已没有你的身影。

　　我曾用活了四十岁的曹雪芹、五十岁的司马迁、六十岁的屈原、七十岁的蒲松龄，这些生命的长度逊于或同于母亲的人来安慰自己，母亲无法跟这些可以用"伟大"做修饰词的文化先祖们相提并论，但作为普通人，我没有让母亲名垂千古的渴求，只想让她留在那里，让家里冷却的温度转暖，枯萎的希望返绿。

我经常会把这个"家"字写在纸上，放大几倍，然后对着它发呆。有时觉得它像一所房子，母亲就是罩住全家人的房顶，房顶一旦失去，剩下的就是蜷缩在风雨中的我们；有时又觉得像一套组合一起的家具，抽掉哪一个零件都会散架。

我看过一个年过六旬的人写到他逝去的母亲，他说：母亲走了，我成了孤儿。这句话把我泡在泪水里哽咽得上气不接下气。

在曹文生的《动物，衔着往事》里有一个场景，描述一只喜鹊三次挪窝，却不离开那棵枯死的树。曾怀疑喜鹊的智商和思维存在问题。后来才知道，是因为在这棵树下，一场雷电烧焦了它的爱人，所以周边再茂密葳蕤的大树都不曾吸引这只活着的喜鹊，而是守着这棵干枯的大树，三年不忍离去。

"半生无根着，飘转如断梗"，中国人"归鸟思故林，落叶恋本根"的恋家情怀，让我时时寝食难安。那个叫家的地方，我总想回去，只为给遗像前的母亲，倒上一杯水，对她说一句：妈妈，你能陪陪我吗？我真的好想你……

## 长发岁月

　　有没有一段时光，沉淀在你慵懒的枕上，嗅着梅落发间的馨香，斟一杯早春的阳光，温暖四野的荒凉！让流年蓄积的幸福，氤氲曾经的迷茫。

——题记

　　每每长发及腰，总喜欢问问家人："该剪了吗？"婆婆微笑着，围我缓缓转一圈儿："再等等，再等等。"老公也随声附和："我同意，我同意！"一问一答一附和，二十年便过去了，婆婆早已双鬓如雪。儿子也拿起画笔，勾描自己的梦想。来到街上，来来往往的光艳与时尚，便开始颠覆我那满满的自信了，以至于双肩上的长发缀满了岁月的斑驳。

　　真的要作一场诀别了。弥漫在长发间的馨香仍点缀着青春的梦，生命里的故事，无论是回忆还是继续，都飞扬着我的笑意。

　　初识的海边，演绎着童话里的篇章：金色的沙滩，白色的衣裤；延伸的脚印，时而笔直，时而交织，似人生的路，从此展开。沙滩尽头，别致的头花是婆婆花了一整天时间在劝业场挑选的，三朵娇艳的花瓣在我的头上争奇斗艳。

婆婆是学医的，职业病在她身上体现得淋漓尽致，所以无论是吃的、用的，我们都可以不假思索地去享用，每一件物品都贴上"放心"的标签。井井有条在婆婆的生活里就像日月的永恒，永远让我们感到阳光下的温暖和月夜中的温馨。自然，我的长发也总是享受着特殊的照顾。在大多数人用着蜂花洗头膏的时候，我的梳妆台上已是婆婆摆放的"力士"，并且婆婆总是以"专业"的身份给我配置一些"无伤害""无刺激"的洗发、护发品。不染、不烫，拒绝吹风机的青睐，是我们达成的共同意愿。

儿子上大学的头天晚上，按奶奶的吩咐，给我画了一张素描，整个背影里，只有那一头笔直柔顺的头发。看着婆婆拿着画像缓缓走进卧室，鼻子酸酸的。她说过，女人，应该有修为、有涵养，不浮夸、不做作。再配上一头长长的秀发，那才是女人的标志，让人看了舒心、安暖。我不是个逆来顺受的人，这么多年来，却能用心互动着与婆婆的每一句对白。她娓娓道来的神态，会让我想起女人的样子。

婆婆始终高绾着一头长发。上班前，都会在镜子前，前后左右地照一遍，每次我都会把门打开，笑她："我们家梁大夫又要开始救死扶伤的旅途了，请大家欢送。"婆婆剪掉长发的那天，我感觉她老了，不爱说话了，便带着她转遍了百货大楼、华联商厦，从和平区转到河东区，直到华灯初上。那天，是她五十五岁生日，也是她退休的日子。我偷偷为她买了一副头套，回到家，按她以前的样子把头发盘起来，戴在她头上的时候，婆婆的眼角有些湿润，声音很低："其实饭菜里早就发现了头发，是你们不说，该剪了。"紧接着晃晃手里的头套，声音高了八度，"这下好了，你们不但不用吃爆炒头发，我还能长发依旧啊！"

以后，每隔两年，我都会给婆婆换一个头套，虽然早就没有了长发飘飘，但每次给头套做护理时，我都觉得那就是婆婆的头发，始终真实地存在。每次我都会用大齿梳子一点点梳理，然后放上洗发用品，浸泡十分钟后再漂洗。

记不得是哪位作家说的，"给母亲一个机会，让她重温创造的喜悦；给自己一个机会，让我深刻洞察尘封的记忆；给众人一个机会，让他全面搜集关于一个人一个时代的故事。"

婆婆钟爱头发，我没理由让她伤心，那就学婆婆，也等到五十五岁时再剪吧。

虽然不知道我五十五岁时，满头长发是不是跟我的年龄和容貌匹配，也不知道婆婆能不能看到我五十五岁的长发飘飘，但在她有生之年，长发留给我的那份呵护和幸福，会永远伴随在我走过的每一个冬夏春秋，点缀着每一个风起的清晨和静静的黄昏。

第四辑　探索篇

## 街道课

开车在沧州中心城区街道上穿行，时间久了，便被那些已有或规划中的街道名称吸引了。

如果用鹤发童颜来形容一座城市，人们定会上前对其投以仰视和崇敬的目光。而后，伴了一路的唏嘘，将它打包压缩进记忆最深处。如果有一位一千五百岁的老者，捋着长长的白胡子，满脸褶皱地站在面前，你必定会瞪大眼睛，稳定一下起伏的情怀，再去感知它千年的褶皱，仔细揣摩它平静里面蕴藏的激昂与深邃。当你去抚摸它的一身盛装，聆听古巷新街在洪荒背景下的娓娓倾诉时，你就会把它与许许多多的城市连通起来。因为，在中国，手持现代笔管，饱蘸千年浓墨，书写出独特而动人的城市比比皆是，沧州就是一个。

城市化的进程，如火如荼地浸染着华夏大地。踏过千年泥泞的沧州，早已告别了荒凉和急促，在保留下本真的同时，也融进了都市的繁华与沉稳。

迎宾大道以东的沧州，看似现代，但每个角落里都藏匿着文化的密码。作为京津冀一体化率先发展城市，现代文化与历史文化如狮子插上两翼，共同律动起来。新漆的行车线与斑马线，把比肩接踵的苗圃绿地、水系公园、森林公园、双向八车道的马路衔接得像运动员的比赛场地。穿梭其间，十字路口标牌上的蓝地白字，会告诉你这样一些名字：浮阳、清池、九河、黄河、御河，它们滴晶闪露，像一组组莫尔斯密码。每每看到这些名字，我的车似乎变成了船，街道似乎变成了河。仿佛有淙淙的水声，为我翻开历史长卷，开启一堂古老的课。

循着北魏熙平二年徐徐的秋风，我读出了流动的凉意，一个接一个的朝代，在水中哗啦啦流去。那时，中原分为九州。为治理水患，冀州与瀛州各拿出一块地，以"沧"为名，建起了沧州。煮海为盐、徐福东渡、铁狮怒吼，此起彼伏在这块土地上。从隋唐五代，宋辽金元，到明清近代，也是因为水患，州城屡次迁移。先后出现了浮阳郡、渤海郡、长芦县、清池城、河间府……每一个名字似乎都有水渗出。当听到九河下梢、黄河入海这样的名字时，你还说看不到湍急的流水吗？这里的每一寸土地都被水浸润出一种灵气，这种灵气年深日久根植了一种因子，那就是黄河文明。从那时起，沧州文化的旅程便湿漉漉地启航了。带着泥土的气息和年代的表情，吟唱着不同的声音，从掩埋的风沙中抬起头来，一路泥泞，披荆斩棘。

沧州的土层里埋藏着深厚的文化，一锨黄土，一个土丘，一根芦苇里都是文化。但是，它们睡得太沉了，再也不能翻身坐起。怎样才能捧出一些东西给后代子孙留点念想？时代需要唤醒它们，城市的发展需要根的力量。沧州不失时机地重新为街道命名，恭恭敬敬地请出老祖宗们时代拥有的河流、曾住过的府郡，把这些名字，印在精致的牌子上，悬挂在或东西或南北的路口，南北的叫道，东西的叫路，来来往往的车辆和行人遵循着老祖宗的指引规规矩矩地前行。有了这些牌子的指引，南来北往的车流和人群就会在正午的阳光下或黄昏的落日里，对着牌子思忖片刻，然后带着疑问一步三回头地上路；或者干脆停下脚步，给街边的老者点上一支烟，看着他抽上两口，在升腾的烟雾里沉浸在"那时候"的怀想里，然后把这些河流上飘过的故事带到四面八方。随后，就会有人跟随这些古老的符号，安营扎寨，像我们的一些老祖宗一样，开枝散叶。

也许你会说，迎宾大道西部的沧州，除了现代便没有了文化，我却不这样看。站在迎宾大道，环顾四周，此时的沧州就像一棵植根千年的树。迎宾大道就是一条坚实的树干，每一条街道都是一条根须，健硕发达的根须深深植根在东部的老城区。在这走上几回，你会不由自主地走神。回过头去，北魏就在眼前，唐宋就在左右，你却再也不能原路返回。只能把那些古老的标记作为给养，连同自己的热情一起输送到西部。因为西部鳞次栉比的新城区已成为这棵树茂盛的树冠，"镇海吼"依旧雄奇伟峻；高铁、高速公路与大运河平行而贯；上海路、北京路、吉林大道、贵州大道，这些肩负着历史使命的新名字充满诱惑地看着你，等着你，期待你能给它们的枝枝叶叶添上一抹绿、一朵红，成为沧州标记里的一组新课题。

走累了吗？好，跟随老祖宗去一块绿意昂扬的地方休息会吧。坐在舒适的长椅上，你可以闭目养神，也可以到处看看。但那些或长衫或短襟、或挥笔或沉思的老祖宗，恐怕早就驱散了你全身的疲倦。他们不约而同地聚集在这里，像准备一场盛大的集会。驻足片刻，你会发现，每个人的身上都是一个朝代，都是一部教科书，只要你有心，他们就会不厌其烦。

把他们放在迎宾大道的东侧，又命名为沧州名人植物园，本身就是一个深刻的话题。把他们和梧桐一起根植在这里，仅以为这里是新城与老城的分界线吗？尹吉甫、张之洞、刘德、毛苌、高适、马致远、扁鹊、刘完素、纪晓岚……他们前仆后继地走来，窃窃私语，想告诉我们什么？这好像是一篇新《天问》，又像是那团健硕的根，或者是那股流淌至今的水。

夕阳下，人流、车流，东来西往。有人说：城市真大，大得盛不下你和我。站在春天的街头，枝繁叶茂，回头是叮咛，前面是来路。那些指示牌越来越多，越来越密，和那条白龙似的祥云，青龙似的跑道紧紧相拥。

## 为了遇见更好的自己

小时候，喜欢听老人讲故事，因为故事里一些美好的形象会在梦中来到身边，与自己身份互换。大一些了，老人们千篇一律毫无新意的故事听厌了，就盼望着一些新的人物能走进梦中，更新梦境。

桌上的一本书，被风掀开，墨香伴着清晨的露珠闪着晶莹的诱惑，光着脚走近，发现，一个新故事的大门吱扭一声打开了。

第一次见到那个陌生而拗口的名字——伊壁鸠鲁，并不是看懂了他的文字，而是好奇他院门口告示牌上的与众不同："陌生人，你将在此过着舒适的生活。"半懂不懂地感觉到他用文字给生活安放了一颗快乐、安稳的灵魂；书中的诱惑一点点变成内心的躁动，莫名的渴望和好奇渐渐升腾起来，那些优雅、智慧、善变善能、思虑恂达的形象随着花开叶落慢慢聚拢、沉淀、过滤，而后高大起来。《撒哈拉故事》里的小邮局，《沉浮》里咣当作响的电车，慢慢都变成了那些挥之不去的经典："掌心的七个字和狂奔的背影""红的变成了墙上的一抹蚊子血，白的便是衣服上的一粒饭粘子"；三毛用倔强和豪放涂抹的传奇人生，张爱玲孤高冷傲里弥漫的贵族气息,她们把性格刻在文字里,文字对于她们就是写给自己的情书,在这一封封情书里,滋养着她们的情爱和良善,镶嵌着她们昂扬的走向和自律的标准,落款是一个个无法仿制的面孔。我坐在《围城》外,欣赏着这些身份不同、性格各异的人在那个雾霾的年代,作为城内元素发出的喜气哀声。忽然明白了一个道理:成长不只是从咿呀学语到健步如飞的过程,更是一个由稚嫩、青涩到读懂社会和生活需求,并让自己融进适应的过程。生活白云苍狗般逝去,但留下的思考却是一生探索的话题。在秋叶飞舞的夕阳下发呆,回想着鲁迅坐在书桌前,点着大烟斗,吞云吐雾地感慨:文字之三美,意美以感心,音美以感耳,形美以感目。那些包着童心的成熟,在精神长相日益丰满的时候开启了营造家园的工程,视野中一些偶然的片段,挣脱了内心的束缚和桎梏,开始以全景的模式进入视觉。

有人说:洪荒只是我们无法收入记忆之囊的一段故事,故事里没有我们。的确,我们只有蜷缩在角落里,等待着拯救和醒悟。终于,历史苏醒了,人物一个个翻身坐起,填补我们的记忆。我把戴望舒的那句话写在书的扉页:要问我的欢乐何在?床前明月枕边书!也许会有很多人觉得这句话多了一些小女人的慵懒和脂粉味道。但是文字所赋予的能量是需要所有人强大的知识做磁场的,不是单纯一两个素质高、教养好的人就能做到的。

"唯女子与小人难养也",这句话覆盖了中国大地几千年,中国的女性,也被这句话压抑了几千年。为了获得哪怕是语言上的尊重,从古至今柔弱的身体从未停止对这种歧视的挣脱。捧起书本的女性,在三从四德的年代,大多被认为是精神出轨的另类,是会遭到人们白眼的,但书呈现给她们重塑金身的勇气足以抵挡外部世界的轻薄。李清照、蔡文姬、柳如是等等,这么多女性捧起历史的这页长卷不忍释手,就是因为她们从中吸取的营养是任何东西都不能替代的。现代的凌淑华、林徽因、杨绛，这些博览群书、贤惠通达的女性，用灵性与弹性，人格的魅力和感知的影响力，把曲解了千年的"唯女子与小人难养"做了正名，还女性一个公平的待遇。以至于有人站出来说出最美的一句话：世界上最美的一是女子，一是文字。

其实，知识、阅历，无论对男人还是女人，都像一条条经络，温润着每个人的容貌，提升着各自的品位和内涵，能够清晰地认识自己，认识世界，克服自己的懈怠和自满。否则怎么会有那么多的人义无反顾地奔向心中的普罗旺斯，不顾一切地为自己补给精神养分呢？每个人都知道"书中自有颜如玉，书中自有黄金屋"这句话，读书，应是我们生活的佐料，生活的精彩纷呈需要点缀，需要实时更新、调整方向。否则你就成了西西弗斯。日复一日的重复，终究会被生活这块巨石耗干你的能量，渐渐消失在人的视线外、记忆里。

在我刚学习写古诗词的时候，曾被平平仄仄、韵脚、韵律的复杂震慑，退堂之鼓天天在心里擂响，朋友看我踟蹰不前，就说：看下曾国藩的《血祭三部曲》吧！我们一起读完，然后再决定学不学。并定下时间，最后用排律各写一篇读后感。其实，当《血祭》中那场震古烁今的战争伴随着曾文正公《讨武檄文》斑斓的文采、铿锵的声调出现时，沸腾的血液早已冲淡了心里的退堂鼓声。其为人处世的慎独、主敬、仁爱、劳动，这些在经验中孕育的真知良言，更让我醍醐灌顶，我深深感谢朋友的激将法，给我一个重新给自己提升和定位的机会，而此时，朋友已读完《野焚》和《黑雨》，告诉我：我在《杨度》等你。

杨绛说：读书是为了遇见更好的自己。是为了重新塑造我们的精神长相，让我们事业更开阔些，能以更好的视角来诠释这个世界。是啊！她用一个世纪的时间，解读了人生的种种密码，铸造了一颗自信且强大的灵魂，所以她敢说：我和谁都不争、和谁争我都不屑。

我知道，无论在时间上还是空间上，我都不是一个胜者，我不能以最强的声音示弱,只能学着那个生在马槽里的男婴,以最弱的声音示强。像许多爱书人一样,在书里,认识自己,反省自己,完善自己。用朋友的一句话说就是:做一个往高处行走的女人。

## 这个世界病了，你该怎么办

王鼎钧老先生曾写过一篇文章《糖尿病》，开篇直奔主题：这个世界病了，各种病症都出现了，他患的是糖尿病。

文字不多，却把自己看笑了。似乎想笑出糖分来。笑容有些复杂，笑的原因却很简单。因为在没看到他的文章时，已有了同样的想法。看到他的文章时，觉得近一个世纪的时光里，他用穿越般的经历把这个矫情的世界看得太透太清晰了，并把生活用宽容和诙谐做了点缀，让人生少了许多煎熬和无奈。

这种病不知道是什么时候开始蔓延了山村和城市的，并还在无限地扩大着发病的人群和并发症的蔓延。如果在这样一个空间里能活得长，看得久，就真的是幸福人生了！

我是怕病的，时时检查自己，稍有不适，赶紧就医。可是发现怕也不是个好办法，每天惴惴不安地过生活毕竟不是每个人的意愿。朋友说：

拿本书看，容易入睡。

真是个好办法。

卢梭的文章有些陶醉。前言里有一首小诗，更加重了醉意。

坐着站着，只要有一本，

就能看到另一个世界。

醒着想着，即使是远行，

也要沉甸甸地带在身边陪着；

总是能够点一盏灯亮着，

读着读着，心就暖了……

怕，在书里消失了。

我像得到了法宝一样兴奋，为了驱逐心头的恐惧和荒芜，我决定走到哪都带着书，不管干活还是休息。

不知道走了多久，走过荒野的角落，也爬过险峻的山坡。有一天，思维开始流动，从低处逐渐升高。转过密密麻麻的丛林，我看到了乔治·桑《塞纳河岸的早晨》里搬运工轻快地搬运着糖块；听到了一个世纪前那位倔强的单身老人交响乐里沸腾的雄壮；感受到了索罗认为有益于健康的那份寂寞。

突然间，我觉得自己成了德富芦花笔下的富翁：山间野径，健步轻盈；房子几十平，屋子简陋，却能容身；院子虽小，却能仰望碧空；雨雪风霜，轮流做客；蝶儿伴舞，秋蛩低吟，黄金翠锦铺满小院，随意翻开一本散落地上的书，思绪随着鸟儿驾云而去……

## 一只蚊子惹的祸

　　一只入秋的蚊子,在我午睡正酣时偷袭了我的胳膊,然后在我的胳膊隆起一个小山包后,长啸一声,以胜利者的姿态蔑视地看了我一眼,煽动着丑陋的、带白色斑点的褐灰色翅膀,扭着腰肢,歪着脖子,在屋里逡巡一圈后向屋顶烫金的灯池飞去。那刺耳的声音萦绕在耳边,充满挑战,像一根点燃的导火索,发着吱吱的声音,随时引爆我的情绪。

　　我看着红肿奇痒的胳膊,眼里喷着火,心底隐藏的女汉子形象一下子被激活。光着脚蹭蹭几步窜到卫生间的墙角,一把抄起那瓶在墙角站了一个夏天的"枪手"。它竟然那么不负责任,相安无事地在那睡着。顾不上责备它了,现在最主要的是要亲眼看着那只蚊子立刻从我眼前消失。

　　我快速找来一张包装电视机的白色塑料膜,铺在正对着烫金灯池的地板上,不能让它污浊的身体弄脏了我的地板。又搬来一个梯子,两步迈上去。发现那只蚊子正悠闲地对着灯池上的花朵、蝴蝶,左看看右看看,然后在花朵和蝴蝶中间的草丛里找了个地方,伸个懒腰,心满意足地醉卧草丛中。眼珠子都被怒火烧红了,我高高举起那瓶被攥出汗来的

"枪手",对准那个可恶的家伙,使劲按了下去,包括它看过的花朵、蝴蝶甚至整个灯池。满腔的怒火随着"枪手"喷出的液体,痛快淋漓地扫射着那个张狂的家伙。

很快,那只蚊子还没从美梦中醒来,就像被电击一样,再无傲慢和扭捏,懵懵懂懂地被重重摔在白色塑料膜上,来不及哼一声,更来不及扭动腰肢和脖子,落地的同时被风吹起、又摔下。我喘着粗气爬下梯子,一屁股坐在地板上,看着这只不知什么时候闯入我的世界、占领我的一席之地、对我施与残害和暴力的不自量力的家伙。如果不是刚才它太藐视我这一米六五、一百多斤的身躯;如果它悄悄蜷缩在某个不被我注意的角落,偷窥下我漂亮的灯池、在我宽大的屋子里散个步,本可以留它到春节或来年的,它可以偷偷享受下我书房的墨香、朋友们觥筹交错中溢出的啤酒花香、甚至春节那温馨的盛宴气氛的。可它太目中无人了,趁我熟睡肆无忌惮地吸食我的鲜血,为了果腹倒也可以理解,可竟然跑到我刚刚装修完的烫金房顶,左拥花丛,右抱蝴蝶,做着大快朵颐的梦。我怎能容忍它在我的世界嚣张到如此地步!

它已经没有任何表情,没有任何生还的迹象了。风一次次地挑逗它,它机械地重复着一个动作,想翻身又翻不过去的样子。跟几分钟前判若两蚊。是谁说过:命运是风向不定的,生活是日新月异的,生命是稍纵即逝的。这话是谁说的?怎么那么熟悉?是写给这只蚊子的吧,嚣张的生命转瞬即逝了,生命都没有了,还谈什么命运和生活呀,更谈不上日新月异了!

这样想着,忽然觉得这只蚊子除了可恨又有点可怜了,对它来说,我这么一个庞然大物,因为一点点血和它斤斤计较,以大欺小,以致让它失了性命,好像有失公允,如果是同类,那就是杀人犯呀。再说,它这明目张胆的架势,应该是有人给它撑腰,越想越有点后怕了,好吧,我决定先厚葬它。用一种新颖的方式——水葬,也算是对得起人虫世界里它跟我的一场缘分。我端来一盆清水,又摘了几朵花瓣,不是喜欢花吗？满足它这个愿望。把它安顿在这干净的生命之源里，希望它来世能多参悟些人世和虫世的道理，擦亮眼睛，拓宽视野，让自己的生命划出它该有的轨迹。然后我把水浇到正怒放的牡丹花盆里，这样可以让这只蚊子每天有鲜花陪伴，满足了它爱花的本性，在我每次为牡丹花浇水时顺便也能祭奠它一下。

我的心终于稍稍平静了些，但疑惑也随之袭来。我始终怀疑这只蚊子的身份，会不会是从那个《一个人的村庄》里跑出来的？会不会是那个叫刘亮程的人派来的卧底？可是我这没有与他交集的任何东西呀。自从他写了《与虫共眠》《三只虫》《春天的步调》以后，那些蚊子、虫子就像有了靠山，越来越嚣张，怎么就有了神气活现的明星范儿？似乎成了田野、村庄的代言人，连走路的姿势都和那些麦子、玉米、谷子一样婷婷袅袅的，身份似乎一下子抬升了几倍。

也难怪，刘亮程从小就生活在人畜共居的村庄，他与逃跑的马、会认人的鸟、有想法的蚂蚁相处了大半辈子，马圈里、鸟窝下、蚂蚁洞边，到处都有他和蚊虫们逗留的痕迹。他让蚊虫把他的身体当做田野，任它们在自己的裤腿、袖口、胸口上自由散步、聊天、随意酣睡，甚至让这些蚊虫在他身上聚会、开 party。好多蚊虫为了记住他，一遍遍在他脸上走过，有的记性不好，或怕半路遇见认错的，就在他脸上用爪子留下了永久的记号，他都丝毫不在乎。他太在乎这些蚊虫了，这些蚊虫也太喜欢他了。他曾一路跟随一只蚂蚁，帮着它把一条比它大二十倍的干虫搬过一个土疙瘩，虽然遭到了这只蚂蚁的白眼，但他不后悔，只是讪讪地笑着，吸取了教训；当他再看到一只蜣螂往坡上滚动一颗比它大好几倍的粪蛋时，他只当蜣螂在锻炼身体。我也在文字里看到过他和这些蚊虫攀谈的画面：他手握刚从玉米地里掰下的棒子，和地上散步的虫子扯着陈年旧事，然后又喜形于色地说着好收成给全村带来的喜悦；也看到过他因为家里的那窝黑蚂蚁在他家绕一圈需要的时间太长而绞尽脑汁；还有，为了让那窝他讨厌的黄蚂蚁不受伤害地从家里搬出去，他特意挖了一条两米多长的沟，然后撒上麸皮，引导它们成功搬家。

　　这些蚊虫就这么心甘情愿地臣服在他的脚下，似乎任何力量都不可能把他们分开。好多人都在背后说三道四的，他却置若罔闻。在我也对他有些嫉妒时，一件事却改变了我对他的看法，好感也随之减半。你一定还记得他《春天的步调》里那只好不容易熬过了冬天，挨到春天的老蚊子吧，眼看着就要闻到夏天汗津津的血腥气味了，却在有一天刘亮程躺在草垛上想心事的时候出了问题。饿得眼冒金星的老蚊子实在忍受不住他血腥味的诱惑，细针似的吸血管小心翼翼地扎进了他的手臂，还是惊怒了他。没想到，他却不动声色，任这只老蚊子吃了个肚满肠肥。就这样，在老蚊子羸弱的身体飞离几步时，便一头栽到地下。他用自己的血残忍地杀害了这只老蚊子，又造成老蚊子自杀的假象，他却带着刽子手的漫不经心，玩味地欣赏了老蚊子跌跌撞撞惨死的全过程。难怪他把自己八十篇的村庄故事起了一个让人匪夷所思的名字《一个人的村庄》，原来他和这些蚊虫的友好都是有目的的，就是为了接近它们，了解它们的特性和喜好，好让自己成为这些蚊虫的主人，帮助他完成窥探另一个世界的秘密。

　　所以，我的担心还是有一些道理的，不过，分析半天，我还是愿意相信这蚊子是误入我的世界的。我不能说刘亮程的坏话了，像他这样跟蚊虫这么亲近的人不多了，他的蚊虫朋友太多了，不仅仅在他的村庄里，村庄里和外村联姻的蚊虫也越来越多，如果因为我对他的那点成见，传播出去，让所有的蚊虫对他怀恨在心，失去了对他的信任，失去了他和它们共同拥有的村庄和田野，最后失去了大地上那些喧嚣的声音，那是多么可怕的事啊！那我的罪过足以让我后悔下半生的。

　　我还是去祭奠一下那只花盆里的蚊子吧，对它说几句安慰的话，希望它早日托生！

## 走进繁华

很难有一座城市，与生俱来就被美丽的光环笼罩。就像现在，把繁华这个词用在一个北方的小县城身上，似乎有些为时过早。但当你一步步走近，和她呼吸到同一个频率上，起伏便会在瞬间定格。埋藏了很久的那个大问号越来越逼近内心，"孟村是个村？"一踏进孟村这片土地，路两旁一个个"管件之都""肉鸡之乡""八极故里"的金属广告牌，刹那间就把那个问号拉直。

翻阅孟村志，峨冠博带在这里早已零落成历史的尘泥，重楼华堂也被更迭的葳蕤淹没在枯槁的草泽之下。当"苦海沿边穷孟村，千顷碱洼紧相连，毛驴破车难耕种，亩产粮食二斗三"的民谣还响在耳边，似乎一双双疲惫的眼睛正冷冷地注视着南来北往的行人，等待有一颗希望的火种能点燃他们的生活。

1990年，应该是孟村人播种希望的开始。对外开放，方兴未艾；打开县门，四面出击；外引内联，扩大开放。直到我们踏进华洋钢管有限公司，才惊悟到孟村经历了一场怎样的摸爬滚打来给自己的今天定位！

德国进口的一次性轧成型工艺，英国CT公司的数字化调控设备，把一张张钢板从裁板到焊引弧板、预弯、机械扩径，经过十六道工序，完成一个依托地面委身到成型站立的转身。目送"华洋"牌高频直缝焊钢管，登上销往东南亚、中东、欧美等几十个国家和地区的车时，还有那么一丝的不舍。孟村，已远远和"土里刨食"画上了句号。金相分析仪、魏氏硬度仪、直读光谱仪，这些高标准的仪器，是在用一个高标准的尺子，把孟村提升到了一个最高的刻度。

孟村应该原谅我的无知，因为走出"华洋"，还会看到很多像"华洋"一样的公司，在不引人注目的地方铸造着孟村人的梦想和自豪。洲际重工有限公司、江丰管道有限公司，一个是新加坡控股有限公司，一个是民营企业。但无论是带动园区发展的龙头企业还是华北地区的龙头企业，宗旨都是通过每一个弯头，每一个管件，用质量发言，靠诚信说话，来打造孟村在中国，甚至在世界的影响，打造中国金属管件之都。他们义无反顾地行走在中国甚至海外的版图上，用开阔的视野和强劲的心理优势，一步步把孟村构建成大商人的大市场。

力军力沙发也是这样。一个到了知天命的领头人，把自己的阅历和自信，通过沙发传递到全国各地。他不仅拥有三百多家专营店，拉动三千多人就业，还获得八项专利。用舒适、美观、性价比引领着沙发的新潮流。悄悄藏起"冀派沙发大王"的光环，用两行坚实的脚步，行走在千万里的探索之路，丈量着每一座城市的需求，然后收敛在一套沙发上，再走出孟村，走进四面八方的大市场。

孟村，街道不宽，绿化还达不到大城市标准，时时有金属屑的味道随风飘来。我们渴求着孟村经济腾飞的同时，亟待有一个绿色的天然氧吧，供这些奔波在孟村各个角落里的领航者们休憩放松。去往古林肉鸡养殖小区的路上，万亩森林生态园的牌子吸引了我们的车轮。玫瑰花正含苞待放，一行人急急下车，含羞带露的花蕊正张开娇羞的眼神迎接我们。我们没有拒绝这种诱惑的能力，捧在手心，真的是送人玫瑰，手有余香的感觉。年轻的生态园负责人告诉我们，万亩森林生态园投资两千万元，计划建八个功能区，有综合服务区、滨水娱乐区、休闲度假区、民族文化区等。建成后，将成为津南最大的生态森林公园。随风摇曳的小树苗正欣欣然地拔高向上，黑色枸杞与牡丹园遥相对望，大白鹅舒展绅士风姿巡察般地走来走去。似乎两万亩生态森林就在眼前：一千万立方米水量、两万亩综合林方、三千亩水面的生态涵养区正颔首微笑。

今日孟村，会让人想到那时的山西，想到被外国人称作"中国华尔街"的太谷。同样，孟村的自然条件欠佳，没有什么物产。家乡的土地是贫穷的，也是有温度的。孟村的祖先把他们创造繁华的基因深深植根在盐碱滩里，期待着后人开挖解读。勤劳的孟村人也终于不负先人的厚望。在文化浓度即将消失的关口，重拾孟村人不甘寂寞、坚定向远的本性。他们没有拥挤在这块盐碱滩上，苟延残喘，埋首终身，而是把盐碱滩当成激发他们摆脱落后和贫穷的动力。他们把目光投向盐碱滩之外的世界，用一种缔造者的豪迈和精神，把一个既不产钢材，又不用弯头的小县城，硬生生推出一条"无中生有"的生金之路。把孟村之外的每一个城市都当成他们小试身手的训练场，让经济洪流浩浩荡荡从这里冲向世界各地。他们没想过孟村的后代是否会自豪，也没有想过把自己写进孟村的历史流传下去，更不知道它的祖先是否安然在地下仰望他们的昂首阔步。只想在这实景舞台上打造一种安静的繁华，也许，这才是孟村人生命发展的必然状态。他们终究会一步步走进繁华。

忽然有些激动，还是在孟村这块土地上多待一会吧！

## 一幅画的主色调

从后洼回来，眼前总是晃动两种颜色，一种是红色，一种是绿色。它们像两条笔直的铁轨，在后洼村蜿蜒开去。在并不遥远的地方，融合在一起，形成的那个主色调，赋予我们更多的好奇与想象。

开始，我是用世俗的眼光打量这个村庄的。把它放在诸多美丽乡村中，甚至不能找出一个出众的词语来形容它。然而，在离开它时，我的心情却同乡间的小路共振起来。认知的砝码在过去、现在和未来的摇摆中，非常理性地倾斜在那个叫王洪彦的村党支部书记身上。面对这个一米八高、威武健硕又思路高远的汉子，让你有冲动对这个村庄说一句：后洼，你好幸运！

后洼，是青县曹寺乡西北角一个小村庄，隔黑龙港河与大城县相望。踏上这块土地时，雨后的阳光正闪着灼目的光。修了一半的水泥路告诉我们，落后与发展正在这里交接。村头文化墙上的"重温革命历史，弘扬爱国精神"几个红色大字，和村民房山上的二十四孝经图，组成一个夹道欢迎的模式，把我们引进一间充满历史厚度的老屋。

说它红色,"后洼革命老区纪念馆"会给你一个正确的答案。墙上一幅"后洼三遭劫难"的简介和照片,就足以让我们肃穆驻足。这个拥有493年历史的村子,在抗日战争时期,从1939年到1942年,鬼子三次对它进行血腥扫荡,为了掩护八路军安全脱险,先后有18人死于鬼子的屠刀下。有的被挑破肠子,有的被砍掉脑袋,还有的被吊死在村后的枣树上。但这些并没有吓倒后洼人,相反,家家通地道、户户成堡垒,成为当地有名的堡垒村。至今已有70年党龄的王汝灶老人,就是在惨案后依然选择了入党,投身到保家卫国的行列;老八路王汝喆,曾经在贺龙元帅的警卫连工作,多次营救贺龙元帅和八路军高级干部。

一个只有1040人的小村庄,经历的磨难远远超过它瘦削的负荷。但和平最终埋葬了战争,枪林弹雨的呼啸声在奔涌的血液里留下了载入史册的痕迹和供人仰视的高度,而像王汝喆这样的老人,却从容地从轰轰烈烈的历史中消失,平静地回到民间,不被人认识,只在这和平的天空下呼吸自由的空气,享受自己和战友换来的太平与祥和,回馈生命的眷顾和怜惜。这些故事在后洼村一遍遍被人讲述:王洪彦劫难幸存的爷爷、烈士的遗孤、成长中的孩子,都是故事的讲述者。为了记住昨天,王洪彦和他的父亲一起整理出7万字的后洼抗战史料。那棵记载着日本鬼子累累罪行的枣树,浸润着烈士的鲜血。叶子依旧浓绿,树干更见苍劲,根部被穿透的大洞,像一只瞪大的眼睛,处事不惊地注视着后洼的后生们。难怪王洪彦一直说一定要建一条十米宽的阳光大道,两边种上红色的山楂树,是为了让全村人记住:红色是后洼的根基,这条红色大道是后洼的希望之标。

王洪彦用宽大的手掌抚摸着这块土地,无限感慨。后洼太贫穷了,贫穷扫荡了后洼的尊严,这块土地给了后人那么多生命的希冀,绝不能让先烈们在冰冷的泥土里叹息。总要做一些别人无法替代的事,要让繁华和热情温暖受尽磨难的土地,他要写下后洼历史上惊喜的一页,为后洼辟出一条希望之路。

　　于是，这个从小习武的美术老师——卸任了自己的各个职位，退伍兵、设计师、商人，还有青县巡特警武术教官；放下了画笔、放下了CAD，放弃了游刃有余的经商市场。2014年底，王洪彦义无反顾地挑起了后洼村党支部书记的担子。

　　上任后，便陀螺似地旋转起来，辗转于乡县跑资金，做规划，把村里的主干道修成水泥路，并准备开辟外环路，修建外环桥，把后洼和外面的世界联通起来，让外面的新鲜空气吹拂后洼，使后洼变得鲜活生动；村中心那个多年的垃圾坑，经他手摇身一变成了绿荷满塘、蓓蕾含苞的莲池；荷花塘的对面建了一个"后洼红色大舞台"，定期演出，让村民学会感恩，强健身心；他还准备在红色大道建成后，建一面红色文化墙；他组建武术队，吸收很多徒弟，但他不单单教他们习武，国学课也是他教授的一部分；他告诉徒弟们，学武术必须学国学，不能学了防身术去打打杀杀，欺凌弱小，精神必须与灵魂相结合才算完整。

　　一些道理，不只是用嘴说出来，而是言传身教。他认为现在的美丽乡村太洋气了，怎样保持这种洋气长久不衰才是美丽乡村的根本。土里刨金对农民来说是多少年不能攻破的难题，而王洪彦做到了。面对当前果蔬市场的转基因、农药菜，他建起了自己的"硒旺农场"，通过施含有硒元素的有机肥，补充人们缺少的硒元素，不打药、纯绿色无污染。他通过土地参股带动村民们了解硒产品，让村民和他一起富起来。上千亩的富硒玉米、富硒小麦、富硒葡萄、富硒枣，正在一步步走进我们的生活，摆上我们的饭桌。

　　有的事，如果按自己的想法做下去，就会坚持出人格来。"硒旺"，让我们更多地想到的是"希望"，希望是绿色的。没有人敢相信，这块土地会蕴藏着这么多甘甜，这么多希望。也许王洪彦的生命就是用来让大家验证的。他秉承做事严谨的风格，在把自己推到风口浪尖上打磨时，他放下了太多在许多人看来放不下或不应该放下的东西。

送我们回到沧州，王洪彦还要去天津赶航班。我们有些歉意，因为透过车镜我看到他疲惫的眼睛。为了调动他的注意力，我便问："当村里的带头人，就做不成画家梦，还影响你的生意，你不后悔？"

听到这话，王洪彦顿时来了精神，疲惫的眼睛一亮，话也滔滔不绝："我每到一个地方，就建一个画室。"王洪彦是放不下他的爱好，或者画室就是他的精神支柱。我也发现，只要有墙面的地方，王洪彦都会挂上一幅画。

我想起，王洪彦刚在画室为我们展开的，自己收藏的两幅巨画。一幅是山水，一幅是牡丹。一个主色调是红色，一个主色调是绿色。

当时，由于急于走出画室，去硒旺农场参观，王洪彦把那两幅画急匆匆地卷在了一起。我们下了车，王洪彦的话还意犹未尽，看到他那个精神头，我们放心了他回青县的路。当他渐渐消失在车流中的时候，我又看到了那两张被卷起的画卷，它们融为一体，覆盖在后洼村的大地上。不，准确地说，是王洪彦以红绿为主色，在后洼的大地上，画出一张巨幅图画。

王洪彦，你才是一个真正的画家！

## 种个春天给后洼

　　直到王洪彦出场，后洼似乎一直是一部没有春天的历史剧。

　　历史剧的开端、发展都很普通。普通到五百年的历史用一块方方正正的牌子、几百个文字就轻而易举地挂到了墙上。王洪彦时常站在这块牌子前，想着什么。在他看来，后洼像个专业贫困户，目光里没有远方，行动上没有力道。牌子的沉默，就像一条无形的鞭子，抽打在王洪彦身上。

　　王洪彦当上了后洼村的党支部书记。三年的时间，为后洼这个剧本创补了一个明媚的春天。修路、建桥是这个春天的序曲，单听听路与桥的名字就铿锵有力。一个高大的汉子，有些腼腆，又带着自信，微笑着站在红色大道中央。"乾龙桥""红色大道"，这两个饱含着后洼历史内核的名字，一下子就提振了后洼的精气神。后洼，作为一个抗战堡垒村，一度被贫穷压弯了腰。

　　这是我第二次踏上后洼的土地。红色大道上像一幅伴了交响乐的油画，鸡鸣犬吠，石榴欢笑，阳光撒欢打滚。玉米囤泛着傲娇的金色，像膀大腰圆的壮汉守在各家门前，见有客人来，腰板挺得更直了。我急于寻找王洪彦上次说的要在红色大道两旁栽种的山楂树，山楂树就在那里，远远地，在秋风中泛着红晕。陪伴山楂树的还有海棠、玉兰，坚守着自己的阵地，诠释着在后洼的意义。

顺着红色大道，去村北头看那棵留着红色记忆的枣树。是王洪彦对每个外来人上的必修课。面对日寇的扫荡，为了掩护八路军脱险，先后有十八位村民牺牲在鬼子的屠刀下。被吊死在这棵枣树上的就是其中一位，再见这棵树，又给我增添了一份凝重。

"河的左边要建一座森林公园，右边建纪念馆，村里的路都要修通，路灯要亮起来，我要让封闭的后洼四面通达，八方有客。"这是王洪彦站在乾龙桥上对着远处说的。他的话被风裹着重重地落在水里，荡起阵阵涟漪。芦苇，是后洼牵肠挂肚的乡愁，是这里最早的记忆。除了它们和村里仅存的两位耄耋老人，有多少人还记得多次营救贺龙元帅和一些高级将领的王汝喆老人？有多少人还记得那一个个被砍掉脑袋、挑破肠子的村民？纪念馆不只是为了纪念，更是要让在温室里长大的后一代学会感恩、懂得传承，不要沉溺于拜金主义的行列。

乾龙桥，这气势、这恢弘，是自幼习武的王洪彦气运丹田的洪钟之声。取乾字，本意为健进，"达于上者谓之乾""天为积气，故乾为天"；取龙字，一方面取意滋养了河北大地的黑龙港河之龙字，另一方面也是中华民族的图腾和希冀。因了这桥，很快，看戏的、卖货的、走亲戚的、逛庙会的，天涯海角的家乡人，一转身在桥上相遇了，握手、叙旧，所有的悄悄话和感慨，都被芦苇藏在记忆里。

在后洼，最值得一提的是"硒旺农场"。硒旺寓意希望，生命的底色和祈愿，本真、率直，蓄满生存的营养。通过部分村民参股，对蔬菜、水果和农作物进行深加工，带动村民走一条致富之路。从2013年到2018年，经过尝试、赔钱、参股，终于走出一条健康、营养、无农药化肥的富硒之路。"土地生金""一村一品",如果说桥与路是药引子,这就是王洪彦为后洼开出的一服治贫药方。

大棚内,是一个承载着瓜果蔬菜的绿色世界。那种满足感不仅给了肚子,还有眼睛、鼻子,就连耳朵中也是富硒黄瓜、西红柿、桑葚和各种青菜的生长声。就在你推门而进、毫无防备的说笑间,它以VR画面的形式,冲击了你的视野,挑战着你的味蕾。你见过这般气势的画面吗?看不到边的塑料大棚,像一位画家毛笔一挥,留下的静夜里一弯月亮。黄瓜把喜欢的黄冠戴在头顶;西红柿红着脸努力成就自己的成熟;青菜们在清晰的脉络中丰满着身段,像一个春天迷失在了后洼。不,确切地说,应该是王洪彦诱惑了春天,所有的蔬菜、瓜果都在忙着长大,忙着憧憬外面的世界。一批一批,一茬一茬,装箱、上车、走过红色大道,跨过乾龙桥,迫不及待地走向人潮涌动的远方。

春天的伊甸园是什么样子,我不知道。想到挥手风雷,落地华章这些带有声音和文艺范的词语,也只是一个念头,相信没有哪个词语敢自报奋勇托起后洼的锦绣。卢梭说,必须在冬天才能描绘春天,必须蛰居在自己的斗室里才能描绘美丽的风景。我想他必定是调动了春天里的全部想象。王洪彦却不用,他只需看看时间印在瓜果上的牙痕,然后嗅一下秋风里浮着的花香、果香,剧情就顺理成章地进入波澜壮阔的生动阶段。

对着这幅场景,王洪彦说出的却是这样一句话,物质贫穷可悲,精神乞丐可怕。

王洪彦懂设计、会画画、会武功,又有经商头脑。凭他的丹青之笔、陶朱之道,落脚帝都首府,成为某个行业的巨臂翘楚,亦非难事。然而,他却选择回到后洼,并给自己出了那么多难题,为难自己,得需要多大的心胸和勇气呀。难怪他的朋友担心他一腔热血会扔在后洼。他却说,当村支部书记不是为了出名,是因为后洼太贫穷、太落后,他怕愧对红色老区的称号,要种一个春天给后洼。

为后洼做了多少事,他自己数不清,但那棵见证了后洼五百年历史的老槐树记得。老槐树终于告别了破旧的土屋、土院,在今年"乔迁新居";王洪彦还为后洼立了一个机制:村里的孩子,考上大学奖励一千元,应征入伍奖励一千元。

如今,加工绢花和电子配件走入了后洼家庭。接下来王洪彦要请一个专家,把村里的闲散人员和老年人全部组织起来,投入到粘贴画手工艺创富的行列。当地诗人祝相宽说,在后洼,做一朵小花都是幸福的。他把后洼的芦苇叫青春的芦苇,他把后洼的水叫幸运的水。

日子就这样被王洪彦嚼在嘴里,清脆甘甜。草木有心,也懂得无论浅浅相伴还是深情相守,都是记忆里最美的沉醉。

如今,王洪彦村支部书记、村主任两职一肩担,后洼的历史剧正春意盎然。

## 瀛州谣

再次来到这里时，我还是喜欢叫它瀛州。

虽然那个古老的瀛州早已被凋零的记忆和曾经汹涌的波涛冲刷殆尽。但眼前的街道、云朵、颜色和一些在视野中近距离碰撞、流动的东西，亦完全不是几年前的样子。尤其这座瀛州公园，似乎都在以一种古老的背景为画面，包裹着一层鲜亮和超然。也许是历史残存在记忆里的幻觉，也许是先贤们怕被忘记的灵魂驱使，我开始以思考的方式行走在古瀛州的路上。

路旁的指示牌，像顺着时间藤蔓聚拢而来的使者，无声地引领着你，接近时光的渡口。

我看到了满眼的绿，顺着长长宽宽的路，倾身在道路两旁身形曼妙的柳，高高挺立的青杨抑或雍容的梧桐，然后层次分明地错落开去，是灌木、花圃、草丛和红红黄黄开过千年的花朵。

一片开阔地出现的地方，目光变得渴求。绿廊环绕，鸟鹊啁啾，温润清凉的舒爽真实地扑向脸颊、双手和身体，欣喜、惊讶，眼神瞬间跳跃开去，还有你的双腿，不自觉地加快节奏。在一个角落，被河床打磨得已无棱角的石块，表层结着久远的苔藓，迫使你停下来，它的上面有你对古老黄河的熟悉记忆。

记忆，干涸于最早的"瀛州"，也衔接于最早的"瀛州"。单单两个字，足以浸润了水的丰泽和灵性。我看到了那个赤膊的汉子面对铺天盖地肆虐的洪水，远离桑梓，泪洒妻儿，还四野于青翠，还鸟林于安宁的场面。然而，记忆渐渐变得狭隘与短促，像鹅卵石在河床发出沉闷的摩擦后带着锈斑无力地翻身睡去。

事实上，我一直在用斑驳的记忆拼凑着这个地方的过去与未来，当瀛翠园、瀛慧湖、苇岸水央、凭栏观浅这些名字一一陈列出来，我隐约嗅到了一股酸楚，但还不敢确定，瀛海晨钟的三声启悟正意味深长地思忖着这个命题。

地势变低时，瀛海湖豁然眼前，我知道我和这个园子、这座小城的缘分终于没有了束缚。心情也在翠绿和流淌的欢快中明朗起来。拾阶而上，抬头看到这座雕梁画栋的"新华书店"时，或筑于水滨，或隐于郊野的"芸管""雪窗"快速在脑海里翻转起来，虽然想到了地处僻静的环堵萧然，但满屋的书籍和安静的长幼读者，"高雅绝俗"还是占据了其他词语的位置。霎时，酸楚向瀛海湖的最低层四散开去，无影无踪。公园——书店，一个把书店开在公园的小城，应该是用历史文化作底色，构筑了这个城市的脊骨，然后填充血肉和筋脉，慢慢鲜活成一个丰满的人形！我有了一种冲动，随手拿起一本《诗经》，翻开它，找出书中行走的每一个人，终于认出了那位头戴进贤冠的贤者：正襟危坐，手捧竹简，娓娓道来……

那个时代，这块土地的文化绿洲饕餮大餐般地营养着黄河两岸的子孙。河岸悠长的诵读声此起彼伏："鱼在在藻，依于其蒲；王在在镐，有那其居。"诵读声穿过狭长的河道，余音袅袅："夕阳下，酒旆闲，两三航未曾着岸。落花水香茅舍晚……"轶文长卷，书馆雅苑，就这样，顺着文字走下去，在意识搁浅的河岸，期待着一场久违的邂逅。

我打坐在古老的渡口，等那些跳跃的文字带着月光落入怀中。终于，滴滴晶莹，从父辈黝黑的脊背淌落，点点汇入古老的河床。生命开始复制，飞白有了创新，像一杆长鞭抽打着麻木的肉体，鲜活的生命开始去掉现代的涂抹，还原本色的生命底蕴。

其实，这个瀛州是活生生的小城——河间，压缩在瀛州公园里的河间，一个取意于地理九河之间的地方。虽然几易其名：九河、武垣、瀛州，但我还是和众多河间人一样，偏爱这个被称作"神仙居住地"的称呼。

"天堂应该是图书馆的模样。"行走在瀛州公园，博尔赫斯的这个构想似乎洒落到园子的每个地方。不过博尔赫斯还是狭隘了，真正的天堂，应该不只是具备了图书馆的样子，还应该有河间这个一百多公顷的大湖，三十二座曲径通幽的岛屿吧！

一种文化，以景观的形态存活于世，少了人为的文字渲染，只用自然的心态，景观其外，物化于心，就像小巷大规模地消失后又大规模地还原，没有喧嚣，没有张扬，此时，面对古瀛州这种形式的再现，我想，一切形容词都显得微不足道了！

## 对花棉

聪明的中国人发明了那么多美妙的词语，像私人定制一样，妥妥贴贴地张贴到各种不同的花草树木身上，让这些季节的宠儿长期以来受之无愧地享受目光带来的欣羡。比如：娇嫩、清雅，比如壮观、幽远、美仑美奂……

而面前的对花棉，让我搜肠刮肚，也找不出一个恰当的词语来形容它。虽然它有花，却不以花之骄示人；虽然它有果，却只能在秋霜素裹的庄严中静默回味。但听完它的故事，我只能用惊叹来形容它带给我的感受和内心不可遏制的敬畏。

见到卢国欣老人时，才恍然大悟国欣家纺的真正来由是源于这位71岁董事长的名字，但要和对花棉联系在一起，脑子里还是积攒了一个个问号。当老人站在一望无际的棉花地里，娴熟地侍弄、检点每一朵花、每一个棉桃时，我的目光随着老人的思路开始在棉花地里游走。

对花棉，顾名思义，就是让两朵花肌肤之亲后，培育出来优良的棉花种子。这种负有神圣使命的花叫父本，而期待丰硕果实的花叫母本。

一个听起来唯美浪漫、字数简单的对花过程，却蕴含着异常复杂的工序和辛勤的汗水。暑气逼人的三伏天，正是对花的好时节，每天下午，红红绿绿的对花女淹没在大片大片的棉花地里，一人高的棉枝上已结着洁白的花朵，一朵一朵，让你想到荷花，想到洁白无瑕，想到温暖的床和温馨的家。

当母本花的花蕾刚刚饱满充盈，纤细的手指轻轻剥开即将绽放的花苞，花瓣闪着温润的光泽，娇嫩挺立的雄柱被一一去除，去雄的同时，这朵花的枝条上就会有红色的布条，旗帜鲜明地飘扬起来，这项工作的时间性很强，需从下午两点到第二天早晨太阳出来以前完成，太阳出来后，没有去雄的母本花朵是不允许盛开的，因为它盛开的花粉会污染整片棉种的纯度。即使有遗漏的母本花朵，也要从这块棉花地里清理出去。去雄后的母本花要根据红布条的记号逐个用父本花来对花授粉，授粉后的花朵枝条就会多了一条黄色布带的记忆，并且对花后的花朵也会由白色变为红色，而并不是棉花会开出红色的花朵来。疑问在一个个解开，汗水也在那些对花女的脸上、身上淌出，带着夏天的温度和内心的期盼，滴滴滚落到每棵叶子或花朵上，然后悄无声息地融入泥土。

对花棉是高质量的伏桃，不仅仅是精细的对花环节，还有一个不容忽视的时间节点，就是7月10日以前开的花、结的桃统统去掉，然后才进行人工去雄授粉。对花工作到8月10日必须结束，以后所有的蕾花全部摘除，这样既去掉了棉株下部容易霉变的伏前桃，也去掉了棉株上部质量差的秋桃。

一个月的花朵，一个月的汗水。环视一望无际的对花棉，国欣老人仍在飞扬的笑容里继续着对花棉的故事，眼神里聚满了半个世纪的阳光，而那些对花棉，似乎从老人幽默而赞许的语言中读懂了自信，不慌不忙地拔节、打苞。我想从它们身上找到一丝惊慌或不安，却发现它们生长的每一步都稳稳当当，似乎在准备迎接一个盛典。

带着一种崇敬，走进河间国欣技术总会，见到了国欣老人的儿子，也是国欣技术总会的总经理卢怀玉，这位身材伟岸，英俊沉稳的农家儿子，1994年毕业于中国农业大学后，义无反顾地回到家乡，回到国欣家纺，建立起了中国最大的棉农合作组织。田间、地头、实验室，一次次否定，一次次创新。赴海南，下新疆，繁种、筛选、培训。终于，国欣技术总会成为中国唯一一家独有优质对花棉的纯棉家纺、优质对花棉种的基地。国欣家纺也以坚定自信的脚步走进了北京、天津、石家庄及全国各大城市的商场、用户的家中。河南、湖北、湖南的棉农奔走相告地来到国欣技术总会，在免费学习对花棉种植技术的同时，更享受到了国欣老人和他的团队的热情和食宿。

跟着国欣老人两代人的指引，走在偌大的厂房里，看到一朵朵棉花通过六道除杂的过程，最后闪着银光，似一层薄如蝉翼的浪纱，轻轻飘落在员工的操作台上。"对花""芯里美""软睡眠"，纯婴幼用品及纯棉服装等，回归天然，拒绝转基因，把对花棉推向了高大上的御用宝座。

曾几何时，国欣家纺，对于我来说，只是一个时常出现在报纸、电视上的名字，究竟有多少精彩，从未去探究过。只任它把那份精彩每天闪烁在方寸之间。直到今天，当我从这个谜团中走出，看着越来越远的国欣父子的身影，突然想到，每一座城市都会有一个主题，而每一个品牌的主旨便是它的精华所在，一个敢于把自己的名字刻在大楼上、刻在包装上的人，应该具备了怎样的底气和能量呀。淳朴的两代人和他们三十多年的坚持、感动，让我深深一躬；千顷对花棉，惊叹，让我敛容屏气；这种吸引力和消解力，会让我们用尽心力去收集对这个城市的尊敬，而他们，祥和得就像对花棉里那朵洁白的花，沉静、淡然，就像卢怀玉说的：撒下一粒种子，看着它发芽、长大，我总是感觉很亲切。

云彩的力量有多大？几十层的云叠加在一起，一对大大的木板使劲往里揉着网状的线，让它们浑然一体，软软的棉花，就会成为一个难以抻开的整体。盖在人身上，轻轻地播放着温暖，却坚固不变形。

确实，云是带着万事万物的形象来让人评判的。在会议室那一块块有横切面的棉被前，我看到了柔软中的坚硬，看到了一个个图案，有人说像夸父逐日，也有人说像精卫填海。我没有这么想，只是一个人在心里品味着"不忘初心"四个字。

第五辑　留白篇

## 听蝉

喜欢听蝉，应该是近几年的事情，很多人都觉得蝉聒噪扰人，我却每年都期待着它的第一声啼鸣带给我的悸动和欣喜。然后享受在它的陪伴下记录生活的各种形态。或者，走到树下，干咳两声，听着它戛然而止的声音搜寻它的藏身地。我好奇它来到世间的原因和目的，也好奇它为谁吟唱，更好奇它为什么选择在树上栖息，这些疑问，不能抵挡我去感知它生命中的欢愉。聆听它每天倾诉我听不懂的心声，成了那个燥热的季节我忙碌生活中不可或缺的一份惦记。

叶子渐黄时，那孱弱的声音再无一丝力气。大片大片的树叶被西风抽打得没了血色，它们失魂落魄的影子，弥漫了整个城市。我站在窗前，捡起一枚脉络清晰的叶子，默默地与这份壮美告别。

还未从蝉声远去的失落中缓过神来，就不得不准备南行的行囊。面对即将到来的压力，心情像一连几天的大雾一样混沌。去机场，决定坐大巴还是高铁，犹豫了很久。突然，失落变成了渴望，也许还有那久违的蝉声，让我急切地想翻越两千多公里去寻觅那份惦记。

人，从一个城市到另一个城市，心，从一种状态到另一种状态。

雾霾被一万英尺的飞机抛在了身下，发动机的轰鸣填补着机舱内的沉默。拉开旁边的小窗，霎时被外面的世界震撼着。原来纯净和安静是可以交织成这种让你无法描述的画面的。如果必须用词语来描述，那只有两个词：净与静。天，蓝得像只剩下一种染料的调色板，纯得似乎覆了一层极薄极柔的纱。像无数条绵带，被轻盈的舞者随意抛向空中任其飘曳。蓝天下的白云让你不自觉地站起来，滋生出去触摸和亲近的冲动。只能用指尖轻触，更确切地说是用指肚轻抚一下，惟恐破坏了它的氛围。谁会舍得去玷污刚从流水线淌出的棉絮，何况这云比棉絮还要薄透清亮，像刚刚落下的雪，被初升的太阳透视。

此刻，我突发奇想，这个场景里应该有一只蝉，点缀在蓝与白的缝隙。蝉的那声吟唱也许会让这蓝与白有一个生动的突破。我勾勒下这幅画面，却感觉那只褐色的蝉略显突兀，破坏着画面的和谐，成了一个瑕疵。是呀，"居高声自远，非是藉秋风"，这叶子是葱绿满眼还是叶脉初黄，又有何妨？这是个没有季节的世界呀。可沈德潜"咏蝉者每咏其声，此独尊其品格"的句子确是一语破的之论。

未研究过蝉的生存之道，但知道蝉的幼虫形象很早就已见于商代的青铜器上。从周朝后期到汉代的葬礼中，人们总把一只玉蝉放入死者的口中以求庇护和永生。也许是因为蝉"垂緌饮清露"这种以露为生的高洁吧，还有它不知疲倦的吟唱，无需伴奏与和音，更无人敢与之比肩的"大自然的歌者"称号吧。看来笔下只需有蝉，无关叶子的颜色。

终于，地铁内播报地名的声音从普通话和英语增加到多了一种粤语。我脱掉厚重的服装，迫不及待地走出地铁，在开遍三角梅的大街上近观远眺。

我不知道这个城市是用安静还是热闹来定义，但相信无论安静还是热闹都有它特有的内容和理由。把头仰成九十度才能看到楼顶的地王大厦，挽臂而立金光闪烁的万科大楼，正在把自己的势力扩张到云端。这个城市已完成和蓝天白云友好相处的建交仪式，就连跳跃着青葱的大王椰也昂首挺胸，向蓝天输送着清爽。

在冠如华盖的大叶榕下站立，仰头寻找蝉的踪迹，却惊奇地发现鳞次栉比的气生根安详地构筑了庞大的根系，用它那独木成林的长者之尊庇护着每一个艳阳下的行人。阳光在这个地方毫无保留地施展它的魅力，葱郁的颜色和有条不紊的节奏告诉我，这个城市正处于年轻的安静与繁华状态。蝉儿也早随着北方飞舞的金黄遁入地下，开始酝酿它的重生计划。我走过了几条街道，带着些许的遗憾在京基一百偌大的广场前环顾，温婉的紫荆花、娇艳的大叶紫薇和禾雀花还在竞相开放，但吸人眼球的远远不是这些，而是广场屏幕上一位老人的画像。

内心的肃穆和景仰让此时的广场隔离了所有声音，这就是那位在南海边画圈的老人，人们称他是这座城市的父亲，他如愿以偿地见证了这座世界级城市从无到有的辉煌，然后安静地坐在这里，看着它越来越繁华，越来越高大。

有人说这座城市是这位老人政治遗产中显赫的一笔财富，是他给这个小渔村颁发了一个特许身份，成为改革开放后中国经济发展的发动机，人们心目中的"巴别塔"。

据说，蝉是智慧的化身，我很赞同这个说法。都说唐僧是金蝉转世，十世为人，他留给人的思考是：没有人能渡你，除非自己渡自己！在美国据说有三十七年的蝉，闭关三十七年，出世就羽化。

这只被智慧点化的巨蝉，经过二十四年外修内养的重塑，无论筋骨和身形，声音和皮肤，都包含了让人企及的成分，我来自北方的脚步略显踉跄和迟钝，我要为自己画个像，留个影，站在一个制高点，仔细看看它的外形，听听它的吟唱，对它说一句：你终于活成了自己的格调！

## 秋落合欢

你来的时候，我刚刚停止指尖划过的欢快，你异常平静的表情，慌乱了窗前的合欢花，目送你远去的背影被彩色的纸伞淹没，手，还是握别的姿势。

风起了，那片落花，在琴弦上停留，翻转又飘落，抚摸每一个音符；放在掌心的瞬间，清晰的脉络中隐隐感觉到了生命将息的疼痛和不舍。

掀开书旁的日历，才知道站在了季节的十字路口，飘落的这片羽红，重重地跌在心里，我知道，你是来和我道别的；即将逝去的飞扬里，你优雅地阐释着生长的悸动和华盖的葳蕤，仪态雍容，舞姿飘逸；每每相视，总会让我高扬的头轻触你的温柔，让淡淡的柔香涤荡心脾；相约的季节，是我们短暂的缱绻，依着窗楣的心事，被阳光照得暖暖的，任泛着青苔的小路把心事拉向远方……

曾把邂逅的惊喜和期待，植根肥沃的土壤，在这个月光青睐的地方，每个清辉柔和的夜晚，伴着漫天的璀璨，看着你调皮地伸展，安静地呼吸和娴静地绽放；倾听只有我们之间才能解读的悲怒喜悦；风鸣雨泣，霜侵雪埋，看着你脉脉抽丹，纤纤铺翠；想着你瑰姿艳逸，仪静体闲；没有浮夸，没有焦灼，心慢慢融入小溪的平缓，眼眸充满良善的温暖；岁月的痕迹，轻盈欢快，轻嗅着每一个叶片送抵的记忆，心的荒芜在葱茏中淹没。

雨，飞进窗口，丝丝凉意浸润着肌肤，流浪的思绪伴着掌心的余温彷徨，难道一场邂逅，一场清欢即将落幕？是否该走进风中，捡尽落红：插在鬓边，绣在裙角，藏进书页，以备寒冬凄婉的凝望、聊赖长夜的回味！

想给自己一个理由，在留有余香的合欢树下，播下一粒种子，借着"娥皇女英"的躯壳，诞生一个动人的传说，让这个故事在"粉扇"的痴情中，花开花落，晨展暮合；花不老，叶不落，尽享誓言兑现的一日合欢。

习惯了有你的陪伴，品读四季的喜悦和落寞，这样的日子来了："只有一枝梧叶，不知多少秋声""多少绿荷相倚恨，一时回首背西风"。多少笔墨渲染的悲凉，都和美丽的合欢花一起葬在心里，无论华茂春松还是秋枯冬瘦，我都以永恒的姿势守望窗前，不离不弃，定格在那片羽翼的嫣红。

落红一地，余香氤氲，不会去做那葬花的女子。拾捡一份安然，静静享受倾尽温馨的空白，白云朵朵，莲般淡然；不见颓废，映着一地的红尘，一半沧桑一半脱俗，许自己一个来生吧：在相遇的时光里，你还是我的故事，我还是你的主角，看熟悉的花影，听熟悉的轻语，看你飞落的曼妙，摄那满地的惊心；在不老的时光里等待那个不老的结局！

## 红尘滋味慢慢尝

　　以为,一个瞌睡会把一个季节淡忘,会把一个世界模糊,可一觉醒来,路还在延伸。昏沉沉中感受着时间一分一秒地从身边走过,有一种莫名的痛伴着远处的汽笛声阵阵袭来。暗暗回想这个冬天是以什么样子来的,什么时候来的?

　　几个小时前,还以为把荒凉丢在了那个城市,脑子里冷清得有些突兀,只记得街旁的那棵梧桐,残存的几片叶子,在枯枝上颤栗,可脉络依然清晰;拐角的那片菊丛,孤傲的影子还在余晖中安然挺拔,不慌不惊;眼前被风时时翻开的书页,弥漫着江南的潮湿和优雅的背影。那个在"雨雾之都"穿着白色衣裙的女子伫立康桥,是在等待相约同行的执手,还是在避开喧嚣,面对一城烟雨,回味红尘的味道?

　　从冬季分手,穿越北纬17°,站在COCO PARK前,忽然觉得,这个地方真的是集万千宠爱于一身。短短的几个小时,只是短短的几个小时,脱掉一身的厚重,已感受到春的墨绿在跳动,是清风翻错了页码,还是梦中的轻烟长巷步入了生活的韵脚不忍离去?这突如其来的惊喜,让我深深地感谢白落梅此刻的理解：当你孤独地行走在红尘陌上，是否会觉得，肩上的行囊被人间故事填满，而内心却更加空落，此时，我们则需要依靠一些回忆来喂养寂寥，典当一些日子来滋润情怀。感谢这一刻的缘起。转身，融入这碌碌红尘，慢慢等待或欢欣或黯然的际遇。

你说：爱是一场修行，我说：我们还在路上。

每一天的相逢和离别，就像从秋律到冬序的行走，那蝤首蛾眉的女子，必要邂逅一些诗意的期待和起伏的纠缠，修筑一场又一场的缘发之梦，然后沉静，然后想念，然后独守窗外的雨雾，或共享一杯卡布基诺的氤氲。就像三毛和荷西，用六年的时间来辜负，又用七年的时间来相依，再用一生的时间来离别。刹那的邂逅，或咫尺或陌路，或永世相隔，或一世相牵。记忆永远给你留下难以抹消的痕迹，让你怀念，让你痛切，让你从舞笑镜台到叶瘦花残。

若有伤怀，去看那一树一树的花开，给自己一个意外，为这一劫，写下柔情的一笔，让每片落叶，为你存封一份理解，一种淡然，切莫在岔路口一不小心失散了自己。所谓红尘滋味，其实就是一米阳光的距离，是一个人从冬天的清梦到春天暖阳的距离，切莫流离成一生的相望。

蝴蝶飞不过沧海，都说是因为海的那边没有了等待，然而，成群的蝴蝶仍然义无反顾地再去赴那场无期的等待。在每一个重复的过程中，痕印清晰，灵魂怒放，浮游在万千的过客中寻觅，寻觅彼岸花开的那一株绚丽，三生石上那一刻的隽永。

当我们迷茫，想为某一个角色谢幕时，回首自己走过的熙熙攘攘，才发现不过是一红尘过客。四季更迭，花谢了还会再开，月缺了还会再圆，苦辣辛酸，百味陈杂，在时光的明镜中，怎能收拾起凋落的容颜？在失落的心海中，又怎能独辟一隅，将那一腔的萦怀收藏？唯有双手合十，抚平那泛滥的思绪和孤芳的高雅，将那红尘滋味慢慢品尝……

## 将就，讲究？

朋友在年味的余香中晒出一组照片：巧克力甜点草莓、一枝海棠含春放、自己亭玉立在春潮勃发的暖阳下，笑容与阳光般灿烂，嘴角眉稍闪烁着新一年的自信。花儿摆放的位置、盛放菠萝饭的餐碟，都带着主人的精致与品味。我玩笑留言：2018，不将就？她笑：尽量有滋味，一位老师窃笑：要讲究！

把"将就"和"讲究"分别写在两张纸上，让它们同时高昂着头，在书桌上气定神闲地仰望着头顶那盏玫瑰花型的吸顶灯，瞬间有了一种感慨。

日历翻到了最后一页，心这个大仓库，也在一年里积攒了太多的储备。不管有用没用，都占用着一定内存。心，太小了，握紧拳头，会感觉压抑的疼痛；摊开掌心，纹痕斑驳。日子在不知不觉中走的沟沟壑壑，累并快乐的生活是每个日子的标配。当一些鲜艳的泡沫随着时间沉淀下来，隐匿其中的情绪发酵般灌涌而至。一下子，醍醐灌顶般清醒。来路还长，在假期余额归零的当口，心也做下清零，让笨拙的身体和淤堵的思维轻装上阵，把"将就"的声调再提高两个分贝，让"讲究"理直气壮地站成新一年的路标。

　　对于过去，太多的人做过总结。来路、去路；喜欢、厌恶；成功、失败；都有各自的理由，无需过多计较。美好的，当做风景，一路欣赏，一路前行；厌恶的，视作空气，学会微笑，遇弯而折。

　　每个人无非两个圈子，生活，工作。有的人，朋友多，交际广，推杯换盏，"赖足樽中物，时将块磊浇"。遇事，却是风轻云淡，门可罗雀；有的人朋友不多，两个小菜，一间雅室；你爱吃的鱼，他喜欢的茶，随身携带的小礼物，总能给你最不起眼的关爱。生活是门学问，其中奥妙，很少有人参透。有人穷极一生也不明白质量隐藏在生活中的作用，更不理解情趣和懂得这两位调味剂的苦心。

　　每个人世上行走的目的都是想把生活过成诗，看着生活的诗行炊烟袅袅，歌舞升平。除了验证自己的实力，也想看看财大气粗的模样。但是情趣却不止于这些。情趣，很个性，没有等级没有规则，与钱权无关，它以持久、稳定的动力，驱动你在某个领域不断被喜欢、被认可，直到成功。懂得和情趣相辅相成。你想到的我已做到；你买了花，我会送上花瓶；你需要依靠，我会送上肩膀；你成功，我为你鼓掌；你伤心，我陪你流浪。

　　讲究，集中了情趣和懂得的所有内涵。是生活对你恰到好处的微笑，真实，温暖，平静而美好；将就不是，它可以凑合，可以勉强；无需缘由，不必更好；没主见，少担当，固执而狭隘。

　　我不追星，却记得林心如讲述她母亲的故事。

　　林妈妈是那种下楼倒垃圾也要穿戴整齐的精致女人，在林心如十二岁时，她的母亲向父亲提出离婚，原因是父亲往母亲养的兰花盆里弹烟灰、扔烟头，多次劝阻无效……

　　在外婆眼里，她的女婿高大英俊，能赚钱，孝顺顾家，反而是女儿任性自私，不考虑孩子和父母的感受。那些如不爱洗澡、衣服袜子乱扔、吃饭狼吞虎咽、没空陪她、记不住她生日、纪念日，那些不能算是毛病，是男人的共性。

　　林心如至今都记得妈妈带她离开家时，流着眼泪对她说："希望你能理解妈妈，一辈子太长了。"

　　林心如十六岁时，继父出现了，他个子不高，相貌平平。

　　但他会为母亲的花花草草换上漂亮的花盆，给她新买的淡绿格子桌布配上新的盘子碗筷，为她的红色连衣裙选一双乳白色方跟的皮鞋。

　　他会拉着母亲的手一起去江边散步，看夕阳和日出，去湿地公园拍摄花鸟，告诉她每一种植物的名字和故事，带回几根掉落的树枝，回家后插在古朴的花瓶里，摆在书桌上。

　　他会在节令更替时赠送给她们不同的礼物，并带着她们到大自然里走一走，看时光的交替……

　　在母亲生病住院时，他会在床头放上一束百合，水果切成小块放在干净的淡绿色瓷碗里。然后坐在床边，旁若无人地为母亲读书。旁边病床的阿姨侧着头羡慕地看着这一幕，林心如终于理解了妈妈的那一句"一辈子太长了"……确实一辈子太长了，不要将就……

　　假如一个人和另一个人在一起，生活中没有节日，没有惊喜，没有感动，没有浪漫的话，那就叫做搭伙过日子，就是将就……

　　记得很小的时候就喜欢卢梭的那句话：上帝是用模子造人的，在塑造了我以后，就把那个模子扔了。那个性的模子，不知道被卢梭抛弃到哪个角落，如果有人捡回，会有多少人愿意跳进去重塑一下自己呢！

　　社会是架高速运转的大机器，人面临各种挑战，压力重重。生活要定位，灵魂也需要安慰。所有擦肩而过的人，都在缘分的洪流中激荡沉浮，那个最后浮上岸留在你身边的，就是可以与你同分一杯羹，同赏一片天，同走一条不归路的人。在有限的时间，有限的空间，同时在一个标签上留下摸爬滚打的痕迹，实属幸事。那杯羹，是上帝千挑万选为你们成功准备的奖赏，分享的时候，不要带着摸爬滚打的泥巴，要洗净手，擦干脸，挑选一个精致的器皿，听着彼此的心跳，你一口，我一口，享受那种心跳的激动，这样才能消除摸爬滚打的疲惫，蓄积来路的能量。

将就，会让你的生活变成孩子涂鸦的画板，变成那杯只解渴却无味的白开水；讲究，会让你在蓝天之外看到鸟在飞，云在游，群山在欢呼。

生活是不是应该这样，少一些将就，多一些讲究。你说预备，我就开始，亦步亦趋，如影随形。每一步都走得入心入肺，每一步都走得心花怒放。

新的一年，将就？不，讲究！

## 孝的乡愁

我曾迷恋梅洁散文集《穿越历史的文明》，感动泥河湾里中国文化走街串巷、流浪漂泊几千年后，一身泥泞地赋予某些传说一个科学的生命。就像现在，当甲骨文上的那个"孝"字历尽磨难来到眼前，除了对先人由衷敬畏，还应把其内涵和主旨传承下去。

不知从何时起，孝文化出现了断层。就像脚下的黄土，被坚硬的水泥固定了表情。然而，又在某个时间，一个大胆而稚嫩的生命，在水泥缝隙间探出头来，撬开了乡愁的大门。

我们似乎又看到了，公元前五百年左右的那段时光里，一位奔走于齐、鲁、赵、卫几国之间的那位老人，他是何等的自信。他与他的学生一起把孝奉为天经地义的法则。"夫孝，天之经也，地之义也，人之行也。"指出孝是诸德之本，认为"人之行，莫大于孝"。国君可以用孝治理国家，臣民能够用孝立身理家。并将孝与忠联系起来，认为"忠"是"孝"的发展和扩大，并把"孝"的社会作用推而广之，认为"孝悌之至"能够"通于神明，光于四海，无所不通"。

"爱敬尽于事亲，而德教加于百姓"。周文王是太子时，"晨则省，昏则定"，早晚坚持给父母请安，以孝著称，以德治国，成为人民的表率。而且，以德教化四海百姓，开创周朝八百年基业，成为我国历史上最长久的王朝。周文王也被人们奉为圣人。"文景之治"也是汉文帝仁孝侍母，感动四方百姓、官员，"已身正，不令而从"。

百姓的孝行更是不胜枚举。二十四孝故事中的谢顺，大灾之年，采桑果被抢，当强盗得知谢顺把果子分篮而装，熟的果子留给母亲，酸涩的果子留给自己时，强盗的心也被感动，不但没实施抢劫，还要送他粮肉。由此可以体会到孔子所说的，"夫孝，德之本也，教之所由生也"。

小羊有跪乳之恩，乌鸦有反哺之义。孝心、孝道，是现今社会对世间情感的由衷感召。是后世文明的资粮。孝，已不是简单的名词，而是一种本真的召唤和道义的传递，是生命滋养里水到渠成的习惯和约定成俗的素养，这种行为在一定程度上把人的自律和社会的和谐巧妙地结合起来，成为社会发展的繁荣剂和营养剂。

社会节奏的大步流星，让城市的空间逼仄狭隘。人的压力也随之汹涌而来。好多人已经忘了"孝"这个会意字的来由和含义。弃亲不养、虐待父母，大有人在；啃老族，心安理得地躺在温床上享受父母汗珠换来的衣食无忧。曾有人做过统计，一个孩子从出生到十八岁，仅吃饭、穿衣、上学，这些日常花销就需要四十八万元。而父母为这个孩子一生投入的精力和心血却无法计入成本。

家里养宠物，已是普遍现象。一条宠物狗花上几千上万元，可以和自己的子女同名，可以当做子女奉养；宠物有四季特制的衣服，有专门睡觉的被褥、洗浴的香波、香水；按时体检的医院，精心配制的食物。其待遇远远超过父母。时间在宠物身上变成了快乐和安逸的消磨，哪里还能装得下"修身治国平天下"偌大的目标。更有甚者，在身体力行地感知"身体发肤，受之父母"时，却忘记了"不敢毁伤，孝之始也"。年纪轻轻，为一件不如意的事，高喊一声"死也是一件快乐的事"，完成了白发人送黑发人的纵身一跃。据《说文解字》，孝字应该是老人和子女相融相依的结合。无"老"在场的孝，不能成为孝。

  1988年，七十五位诺贝尔奖得主在巴黎宣称：如果人类要在21世纪生存下去，就必须回到两千五百年前的孔子教育。美国学者迈克尔·哈特在其所著的《历史上最有影响的100人》一书中把孔子排在第五位，名列入选的炎黄子孙首位。并对孔子进行评价：根据以这种哲学来保持国内和平繁荣所发展的作用而论，中国是地球上被治理得最佳的地区。

  无论《孝经》的作者是孔子还是他的学生，都是中华文化的基因。记住乡愁这个词，如今非常流行，而孝的乡愁还徘徊在对未来的不安与不确定中，它需要留住，需要修复，需要后人把"老"在上，"子"在下，这个先人留给我们作为福祉的字，安放在"为天地立心，为生民立命，为万世开太平"的根部。

## 被春天文身的芦苇

　　大洼，此刻就在眼前，暮春的风野性且调皮地拂过大洼的每一寸肌肤，在观鸟亭来回打了几个滚儿，然后心满意足地回到芦苇的身边。

　　踏上这块土地，必须放轻脚步，屏住呼吸，以免春天毛手毛脚的响动惊扰了大洼的安静。芦苇，是大洼最土著的居民，它延续着大洼纯正的基因，是还原古老大地的唯一见证。它从《诗经》中缓缓走来，千百年牵着一段不老的时光，淡定的表情里藏着历史深深浅浅的褶皱和对未来世界不可预知的茫然。

　　我们来了，飞转的车轮伴着轰鸣的马达声，几只水鸟扑棱棱地振翅而起，传递着有客到的消息。涂满广告的车身上散发着诱惑的热气。车门打开，掀起一地的气浪，春天被推推搡搡地涌到眼前，然后铺天盖地奔向大洼。大洼热闹起来，芦苇只需借助风的力量，转移一下视线，就能看到那群甩掉时间痕迹的人。

　　芦苇似乎还在睡着。是春来得太早了吗？还是它太过贪睡？一个漫长的梦，居然没有在蠢蠢欲动的季节醒来。这一身昨日的戎装，以盔甲的威严，护卫着苇芽初绿、稚嫩无尘的生命，像母亲护卫着自己的孩子。

我知道它是在怀念波光粼粼的过去。它以主人的身份随手就能拉开《诗经》的序幕。两千多年了，不，或许更久，它日夜守护着大洼，早已站成一道熟稔的风景。在这道风景中，它收藏了所有的烟火故事。"蒹葭萋萋，白露未晞，所谓伊人，在水之湄。"一场春雨，缠绵绕心；一条小舟，自在穿行。男人站在船头，一网抛出，霎时罩住水面半圆的涟漪。绿浪荡漾，金鳞腾波。打鱼、织网、养苇、晒盐，与爱恋的心上人，相约苇边，情意绵绵。一幅简笔的山水画，定格了芦苇记忆中大洼人简单淳朴的生活。世世代代的大洼人也如这生生不息的芦苇，简单、柔韧、坚强。

择一处坐定，东方闪着诱惑的光，这个画面如此熟悉。太阳羞答答从地平线一点一点探出头来，瞬间，水面上写出一个大大的"旦"字。甲骨文中那个象形字在眼前散发出古老的光芒，让你心跳加速。你忽然发现坐到了我们祖先坐过的地方，找到了他们创造文字的灵感，你不知道该怎么表达这种惊喜，只想对着大洼喊一声：这是我们人类的原乡啊！历史蹒跚的脚步是想让我们回过头来多看几眼，捡起一段遗落的过往，给自己一次与历史亲近的机会，衔接起我们与历史记忆的共鸣。温暖了人间几千年的太阳此时仍旧被委以重任，开始了安抚大地、点亮世界的使命。我们感恩岁月保留了它们本真的天性，留给后人更多的恩泽和思考。

不远处，"白鸟一双临水立，见人惊起入芦花"。这个镜头，还原着大洼广袤的野性。呆呆地看着那一对白点消失，又恋恋不舍地等待它再次出现。回头，一百只鸿雁正伴船而飞，早已完成了野性的回归，加入到社会前行的行列。面对人山人海，没有了胆怯，在归整化一的队列中，翔姿优美，鸣声清脆。它们是如此幸运，再也不用担心，漆黑的夜晚被人围攻、长枪短铳下同伴尸横遍野、餐桌上狼吞虎咽的情况发生。这种乖顺不但换来生命的保障还有殷勤的呵护。世界的文明正在席卷社会的各个角落。

我不知道大洼的价值何时开始被人类重视，以至于芦苇思考的表情充满警惕。

碧桂园来时，与芦苇形成对望之势，芦苇即使日夜仰视也看不懂它望尘莫及的高度里蕴藏的秘密。塔吊上上下下，高得让人眩晕；叮叮当当的敲击声响彻整个大洼；车披满风尘，来了、走了；钢筋水泥与大洼有了最亲密的接触，也开始了最友好的磨合。人类终于深谙大洼这个天然的过滤器和大氧吧带给身心的营养价值，带着各种方言的电话、参观者、咨询者，搅乱了芦苇的记忆。一个远离喧嚣的计划开始进入我们的视线，一场步入增值行列的革命终于在大洼酝酿。大洼，这个镶嵌在历史扉页的插图，每一片叶脉都开始加入新的元素。

多少年来，大洼更像一本与众不同的书，没有目录，没有页码，记忆无法把它整理成我们想要的样子。时间也从不具备设置方位的功能，不会引导我们何时何地该转向哪个方向。它镶嵌在历史的脚步中，用纤细的生命瓦解着帝王们至高无上的权威，冷静地看着一代代帝王走下威严的宫殿，步入历史的殿堂。光阴就在彼此的渗透中互相解读，栖息的生灵和越来越近的脚步用声音为历史配音，撼动着那些眷顾的身影。

都说春天多情，在大洼，我却找不到它多情的理由，相反却是一幅肃穆，一种事物发展到一定阶段的必然反映。除了面对芦苇，我曾安静地坐在书房，寻求证实。书架上一如既往地平静，我读到了帕斯卡尔："人只不过是一根苇草，是自然界最脆弱的东西；但他是一根能思想的苇草，用不着整个宇宙都拿起武器来才能毁灭。"从中，我也读懂了芦苇，同样会思考，同样会感知悲喜和欲望。面对人类或大自然随时对它施与的毁灭或践踏，它会用强于人类的自愈力和坚韧快速复活、生长，所以，它无需解释，无需用任何方式向世界表白它生命中的磨砺，只需看一下这大火焚过，生命无恙的壮观；看一下这千军万马的气势；看一下这婷如修竹，逸如雅士的潇洒，就知道它的回答：我还在！

据说，恒大童世界要来了，大洼的程序将进入高难度的编辑状态。它的节奏和频率会影响一大批会思考的芦苇。那些断裂或遗失的灵魂将会再次聚集，重新出发。

我固执地认为，被大洼的春天文身的芦苇，应该是历史与后人通信的一杆笔，蘸着九河神韵千年的灵气，洋洋洒洒，写下生活赋予的感动或经验。假如有一天大洼淡出人们的视线，芦苇定是我们最后的一段记忆。

## 响堂山的守望

响堂山，意识里并不存在的一座山，却让我在四百公里的尽头，遇上了北齐的时光。

从南运河畔到响堂山上，开始只是去参加一次笔会。当飞驰的车轮碾轧上古老的山地，现代与历史经过短暂的交锋，近一千五百年的漫长思绪，激动地探出头来，迅速波及枭雄辈出的南北朝时代。响堂山以代言人的形象，深沉且淡定地站在远离喧嚣的葱绿中，沧桑而灿烂地一颤。

响堂山石窟位于太行八陉的滏陉口，初名滏山石窟，是北齐都城邺城至陪都晋阳的交通要道。北齐皇室频频往来于邺城与晋阳之间，为憩息修养，故择山开窟，作为离宫别馆，响堂山是最大的行宫。其寺为鼓山石窟寺，至宋改为常乐寺。

总天真地想与时间发生一场对决。面对常乐寺的残缺，瞬间被震撼和惊诧包围。我竟是一个迟到的探乡人，在距它不足千里的地方，却从未把它放进梦境，从未听到它生命的梵音。我从对决中败下阵来，时间大获全胜。如同碑记云，"游斯山者莫不对之扼腕神伤耳"。

我无法把表示愉悦的这个"常乐"与寺内任何一块瓦砾对接。除了复建的山门，其他诸如大雄宝殿、天王殿、方丈室三世佛殿遗址，佛像无不是断头少臂，清晰地印着焚烧的污迹；散落的石碑、经幢东倒西歪、形单影只；残石碎砾像无家的孩子屈居在墙角；杂草怯怯，于残缺佛脚下细细喘息；以"大孝"和"大愿"被弘传的地藏菩萨早已找不到安身立命的位置。不敢用力踏向每一寸土地，怕我的不经意会踩疼它们无处安放的灵魂。不知道它们究竟被毁于哪个朝代，哪双沾满罪虐与血腥的手。只有在心底暗自还原，它们久经风雨依旧淡然端坐不惊不恼的神威，跟随它们回到混沌年代。

一位鲜卑士兵，站在草原重镇怀朔的土墙下，面对苍凉的北方大漠，一声长啸，把穷困和卑微、以及奔腾的欲望，一股脑地抛向无垠旷野。问鼎中原，是他狂热的梦想，金戈铁马翻飞的血液成就了这位北齐王朝的缔造者。他，就是高欢。历史就这么顺理成章地安排了一位英雄入住史册。他于千军万马里挥动长枪、驱赶着从滏口要道夺取的三百匹骏马，高唱着苍劲的敕勒川向我们奔来。然后，把他的子孙一个个推向历史的舞台。长子高澄、次子高洋，尤其他的次子高洋，用与众不同的霸道与荒淫塑造了一个性的王朝，并用石窟的方式明示后人他的曲高和寡。高欢应该感谢他的孙子，不但为他追加了谥号，还载入了历史的记忆。虽然历史对他只留下：虚藏于漳水之西，潜凿鼓山石窟之旁为穴，纳其柩而塞之……（《资治通鉴》）便不再开口。

带着惊悚，带着对神性和人性的困惑与敬畏，我对着残缺的石窟深深一躬。无法安慰它斑驳与沧桑的心境，只想读懂它的沉默与企盼。走遍响堂山十一座石窟，便走进北齐二十七年的宿命。大佛洞、释迦洞、刻经洞绝美的雕刻与苍劲的经文，震撼着每一位进出的人。

我从中拾拣着这个朝代的粗鄙和哀怨，也洞悉着这个朝代的悲欢和跌宕。

大佛洞不仅以进深、面阔十二米、高十二点五米居响堂山之首，也以国内最大的"帝后礼佛图"自傲。更称奇的是佛像雕刻手法，有了史无前例的改观。不再同于龙门、云冈等北方石窟古板生硬的粗线条，它圆润、生动、传神颠覆了国内外学者陈旧的认知。背光七条火龙，华丽的塔形龛和有印度风格的山花蕉叶和火焰宝珠的装饰，似乎在点化灿烂与智慧并存背后的秘密。

释迦洞的富丽堂皇，散发着诱人光芒。雕刻变体龙纹、缠枝纹、火焰纹、联珠纹等饰纹，石狮、人猴装饰更是前所未有的尝试，彰显着北齐曾经的辉煌与个性。这些石头用与众不同的语言撞击着一千多年前的神秘历史，描摹着它的威严和生生不息的呼唤。

刻经洞，顾名思义，是石库内到处刻有经文。不得不把赞叹再次送给响堂山，送给北齐这个嚣张且短命的朝代。遗产是一个朝代生存的最好见证。这种本为早期安葬释迦牟尼的覆钵塔式的造型，传到中国便成为一些高僧大德圆寂的神圣象征。此外，窟内经刻隐忍却密匝地冲击着视线。壁甬门左右侧刻有《无量义经偈》，北侧刻经壁刻有《唐邕写经碑》。在石窟中镌刻佛经，是中国人的独创，而响堂山就是中国佛教刻经的发源地。

古老的面纱一经揭开，历史便开始了脉络的续接，像山下悠长的隧道与道路的自然衔接。一些专家来了，一些学生来了，我们也来了，走在与祖先汇合的路上，脚步声响彻了响堂山。

来自美国西雅图的外籍汉学家比尔·波特，在2006年循着六祖慧能的足迹，完成了一次心灵的朝圣，并写下《禅的行囊》一书。在书中，他讲述了与河南白马寺有关的两个印度人摄摩腾和竺法兰。两位胡人用白马驮着经书传法到中国，并埋骨白马寺，使得白马寺尽人皆知。而响堂山，响堂山的石窟，响堂山的刻经洞，却在历史的泥土中安静地睡着。

此刻，我无法入睡。只把佛脚下"神通人世间""佛光照人心"的句子默念几遍，以安抚被汗水浸燥的心情。

至道无难，唯嫌拣择。

响堂山石窟占据着永恒的空间，围拢了一山的宁静。无论那些佛身是否健全，那些经文是否模糊，它们一如既往地迎风而立，无语相对；不卑不亢地用沉默传递着内心的强大能量。在风暴袭来、身首异乡的窘境中，千年站立的精神在肢体里复活、发酵，屹然不可侵犯。

我把"绝无仅有"这个词从内心深处送给响堂山，让响堂山在时间和空间上永远矗立，也让那些有文化良知的中国人快速觉醒。

响堂山的早晨，在初夏的浸润中平静祥和，战乱和硝烟早已隐去了踪影。蜜蜂早早起来，旁若无人地与羞红了脸的花儿窃窃私语；太阳似乎还没睡醒，睁眼看了一下又沉沉睡去；一些不知名的草儿、花朵兀自嫣然。

走吧，身后，兰陵王入阵曲中战马的嘶鸣还响在耳畔。后人习惯用假设的方式辨认历史的面孔，不必太在意，苍老和飘摇不会削弱它的担当和神秘。响堂山已终结了一个朝代，延续了一部历史，它的生命密码已在挥手的刹那撒向身后的风雨中。

## 由麻醉谈开去

对着三个放药的盒子,我努力在想:昨晚的药到底放到了哪个里面?

我想通过每一个细节打破麻醉药对记忆力伤害的论证。但还是有些沮丧,这药对记忆力的伤害,在心里布下的已不是阴影而是一堵墙。想来已不是一件事了。朋友几天前说好的约定,我却毫无印象;见到一个熟人,突然怎么也想不起来名字,只好一直握着手问好;喝完茶,看到了满天星辰,兴奋一闪,难得的夜色如水,陪着星星走一程吧。进得家门,神清气爽,想起来应该把那束新买的百合找个地儿安置,也好让它安心陪着我呀!花瓶和水都准备好了,可,那花呢?

星星早就躲到楼顶上笑成了一朵花,月亮也笑得直不起腰来。我的百合,心急如焚地在车里看着它的主人走出茶屋,风轻云淡地从眼前飘过,它努力用香味提醒它的存在,却被无所事事的风儿拦路抢劫,送给了路旁一对恩爱的小情侣。

其实,把车扔下自己回家者,不在少数,但大多是酒精的作用。像我这样近似老年痴呆状的不多。对酒精,好在你可以变被动为主动,毕竟,你有足够的决定权,可以正色以待,采取远离它、漠视它、甚至抛弃它的方法。你对它的置之不理，绝不会对它造成任何不良影响，也不会疏远你们的关系，更不会造成它对你的仇视。它照样会满不在乎地把目光投向下一个垂青者。如果想再续前缘，你无论板着脸还是讪笑着，一杯下肚，就可以一笑泯恩仇。

这种一个愿打一个愿挨，不知道能不能叫做"伤害"，如果不愿意把它叫做伤害，可以当做生活的调和剂，有很好的调节气氛、调动情绪和宣泄淤积的作用，也有极强的安抚性和再生性。

麻醉药却不一样，它对人造成的后果，不好评说。它首先是被动的，是在人的要求下，对伤口的疼痛实施作用，以消除疼痛带来的恐惧和痛不欲生的恶念。

局部麻醉可以忽略，流血的小伤口，疼两天就痊愈了。要是全身麻醉，要另当别论了。对全身麻醉的病程度上要引起重视，应该是生命旅程上可以标红，载入史册的大事。药劲一过，你还要忍受疼痛再次袭来百爪挠心的痛苦。这时，是顾不上思考记忆力的问题的。

等有一天，你发现麻醉给你带来的身体和心情上的巨大落差时，曾自认百毒不侵的你惶恐、忐忑，似乎抑郁症的苗头蠢蠢欲动，对抑郁症的所有条款反复推敲，对号入座。就像一个精通美食的人，胃部有着极好的血液循环。那些骨子里隐藏许久的、不曾照面的坏情绪争先恐后地涌来，在伤口撒盐般的殷勤，让你记忆中储存的所有坚强和内敛瞬间缴械投降。

身体的虚弱终于导致心理的弱不禁风。像大海里那只底部被洞破的船，坐等海水没过头顶，崩溃在时间漫不经心的冷淡中。

好在，终于发现了时间的别有用心，激灵打个冷战，翻身坐起。窗外，阳光一如昨日般明丽，叶子落尽的杨树梢上，苞蕾已跃跃欲试，自缚和自救在阳光下交流着眼神，你似乎看懂了，冲下楼去，对着杨树大喊一声、两声，边喊边跑上两圈。太阳站在干枯的枝干上，笑容一抖一抖，闪着金色的光……

## 解读乡村符号
——读祝相宽诗歌集《心声》

　　书的世界，众声喧哗。我无法为阅读对每位读者产生的效果和影响下一个定义。但我却相信书是会分泌汁液的，它的汁液会不自觉地催生人的成熟和自信，会补给我们所缺失的审美和偏见，会起到"一缕书香压百香"的效果。

　　如今的乡村，似乎站到了很多人的视野之外。高楼大厦遮蔽了太多远眺的眼神和欣赏的情怀。我也曾站在这个迷茫的行列，想象乡村田野摇曳的花朵。直到有一天，我看到了当地诗人祝相宽老师发来的新著《心声》，才找到了这些符号送给我的真正的乡村。

　　读《心声》，我的感受很奇怪，是从未有过的"静"，从内到外的静。似乎周围人如海、车如流的街道被魔法师施了魔咒，停止了一切喧嚣，都随我一起来到了诗篇中，欣赏那枚火红的石榴、静穆的老槐和从一朵梨花上走来的春天。文字中折射出的画面一页页翻转，河流、房屋、田野、老人、土炕、庄稼，那些乡村的符号，远离了我们的视线，是真切存在的勤劳、质朴和善良，是从我们记忆深处溢出的乡愁，是作者用乡音发出的心声。所有的旧相识，让我们在诗篇中再次相逢。

这些画面，在作者的笔下，无需踮起脚尖张望；也无需强迫记忆怀想；是实实在在的生活，是进行时，在昨天，在今天，在即将到来的明天。

记得2017—2018年，在法国有一部获得过戛纳国际电影节与奥斯卡金像提名奖等多项奖的记录片，叫《脸庞，村庄》。片中描述的是一个街头艺术家和一个电影人，驾驶着小货车穿越法国的村庄，一路上拍摄下所遇到的劳动者的生存状态，并把这些照片连成一排张贴在墙上，因此轰动了整个法国。当一张张毫无特点的脸庞被放大，张贴在每一个村落，淹没在群体中的人，便不再那么微小，而是变成了一个个具有艺术性的独立个体。

《脸庞，村庄》，用人为村庄代言，用喜怒哀乐勾勒出村庄丰富的表情，也还原了村庄真实的生活，让人在感慨后慢慢进入思考状态。而祝相宽老师的诗歌，文字里的每一个符号都是乡村的表情，都可以为他的乡村代言。他文字里的每一只蜜蜂、小鸟，大饼、馒头，都被乡村注入了生命，他用执着而明媚的心声呼唤着乡村的春天，期待着乡村的未来。

他用诗把乡村雕刻成一件艺术品，具有观赏性。他善于在普通中挖掘出独特的个性，既有精神的饱满，也有在场的灵动。他在描写后洼的"味道"时，这样写到：

*硒，硒，希望的硒*
*我像个读错字的小学生*
*在后洼，我学会了一个硒字*
*通过舌尖，记在心里*

*我在品尝一枚*

刚刚摘下的西红柿

那味道我说不出

好像是春风的春

清泉的清，好像

第一封情书里的你

羞涩的小学生、惊喜的眼神、红红的果子、春风、清泉，这画面寥寥儿笔，像简笔画，是乡村藏不住的心事；是仰俯自如的自然和清新；是从乡村根脉中移植来的自信。

他的诗像一副安魂汤，让人满心都是都是回归的冲动。他的嗅觉因乡村的街道、河流、小桥、变得灵敏和兴奋。风吹草动的快乐，阳光照进老屋的温馨。无论是一地金黄，还是一径枯草，都是作者笔下那个乡村应有的色彩，无需夸大或隐匿，实实在在地在那，迎接着每个清晨或黄昏。

在城市大兴土木、钢筋水泥冰冷地与你对视的当下，《心声》以特有的符号为乡村注入一腔温暖的情愫，呼唤那些隐藏在高楼之内，既熟悉又陌生的味道。作者不是一个旁观者，他早就把自己融入其中，是这些符号里的一员，他站在那，就是一棵树；他笑起来，就是一朵花。他蹲下身，忘情地呼吸着泥土的气息，那种潮湿、润泽，把他也变成了泥土。他是春天，也是秋天。他是跟随季节游走于乡村的四季。所以，他的文字没有悲伤，没有怨怼，更没有愤怒，他的文字里只有生发和昂扬，质朴和安暖。他融入生活又耸立于生活，像乡村的炊烟袅袅独行。

他有一个现实的世界，是他的乡村。也有一个虚构的世界，这个世界，总有一股清爽的风从外面吹来，让他在村口看到一片闪着光亮的远方。他走进"村庄经纬"中：

宽阔的中心街叫赤道
一个分南北半球的村庄
"北半球"是一色的红砖瓦房
"经"是古朴的礼仪
"纬"是新时代的理想

一个乡村,有了经天纬地的设想,一切被现实的美好覆盖,这个世界,能供给他和乡村不断缺失的营养,他相信,很快他要让这个世界和现实中的世界合二为一,坚守在他的乡村。

英国诗人库伯说:上帝创造了乡村,人类创造了城市,在乡村中,时间保持着上帝创造时的形态,它是岁月和光阴。

祝相宽老师的诗,是发自内心的呼声,是他对乡村情感的闪耀式展现。他的画面取材于现实生活,却有着无可替代的特色。他用老娘、父亲,这些追逐着岁月,又牵挂着岁月,陪岁月渐渐老去的亲情,温暖着自己的心不会冷却,驱逐着悬浮在乡村上空的杂质和尘埃,它用乡村的豁达和简约重建了一个安宁和充满力量的世外桃源,让人心生向往。

他的希望无处不在,无论微小还是博大,都有心的温度。那一枚红石榴:

像一枚缩小了的日子 / 被我小心地捧在手里";盘古的春天,"从一朵梨花上走来 / 谁能找到最早开放的那一朵 / 谁就能把通往神话的大门轻轻打开。

声音是什么?是智慧,是力量。是流淌在眼角眉梢的希望;是黄土地里长着的命根子。

是谁说过:我们为什么愿意亲近自然万物,因为万物都有一颗菩萨心，一副温暖柔肠。《心声》也许就是沐浴万物降下来的慈恩。

　　《心声》给了我们一个久违的乡村，让我们想躺在田间、地头，和一直注视着我们的芦苇、麻雀说说憋在心里的悄悄话。它们肯定讲不出卡尔维诺、卡夫卡、博尔赫斯那样智慧的故事和哲理的语言，但它们会告诉我们有人把小麦当做乡村的图腾，把蜜蜂当做春天的天使。它带给我们的是山南水北的安稳；是灵魂的清宁与和平。它给了我们一个色彩斑斓的原乡，你只需用原乡的符号做成五彩的行囊，背在身上，就会挖掘出足够的智慧和经验，来构筑一个无法复制的多彩世界。

## 守得一轮轮明月在

　　不知天使的团队里有没有月亮,但它敢于拯救在黑夜沦陷的大地,就已具备天使的潜质。抬眼,月亮站在树梢,目光迎上目光,灵魂靠近灵魂。清辉淡淡,静谧安暖,从天空弥散至人心。

　　月亮从不开口说话,似乎一张嘴,藏在心里的秘密就会掉到地上被人捡走。尽管,八百多年前,苏东坡就举着酒杯无限深情地问:明月几时有,把酒问青天。月亮只留下一个嫦娥奔月的传说,再不吐露半个字。

　　回忆故乡时,人们总是把月亮放在丹田的位置,似乎少了月亮,就少了回归家乡的底气。年轻人的爱情里,也总留有一些心事对月亮倾诉。喝酒时会把酒杯里的月亮一饮而尽;吟诗作对,也要让月亮在诗行里穿行,在心海里游弋。

　　月亮和童年一样贪玩,童年藏着月亮,月亮记着童年。童年乐了,疯了,就忘了,月亮却全部收藏。收藏了田野里麦苗、玉米、大豆和草木的悄悄话;收藏了牛羊、虫儿们自编、自演的交响乐;也收藏了爷爷奶奶爸爸妈妈,以及爸爸自行车把上装了糖果和点心的黑皮包。

月亮总是微笑着看童年"藏猫猫"。随着"出来了"一声喊,门吱扭一响,一个个小脑袋露出来,划拳、分组,街头巷尾满处跑,犄角旮旯到处藏。爷爷的破草帽,奶奶的大襟袄,都能派上用场,惹得猫儿狗儿朝东叫两声,朝西叫两声,也跟着跑。不一会儿,尘土也兴奋了起来。童年总是躲着它,却总也逃不过它的眼睛。月亮看出了他们的小心思,撩起衣服一角,遮住自己半个身子。一下子,天暗了下来。童年愣愣地看着月亮,不知发生了什么,满头大汗地回到家里,被母亲嗔怪着擦洗后,倒头便睡。被错怪的月亮,也跟着童年回了家,在院子里,看着童年在梦里继续喊,继续藏,只管偷偷地笑。

那时的月亮,和谁都不陌生,在田野里随便撒欢。从杨树跳到枣树;从辣椒滑向芹菜。想去谁家串个门,低头就进。喜欢逗着猫狗们玩耍。喜欢把影子放在水盆或雨后的水洼,让南院王奶奶家的小猫心急如焚地举着爪子捞它。还喜欢把隔壁虎子家小狗的影子拉长,让它追着自己的尾巴一圈一圈地咬。

藏着藏着,人就大了;闹着闹着,猫狗就老了;乡村像掉了牙的爷爷奶奶一样安静。月亮想弄个明白,究竟是什么吸走了乡村的热闹。

不知道月亮什么时候进城的,也不知道怎样进来的。有人说,是农民工把它们藏在衣服褶皱里带进来的;也有人说,是越长越高的楼,把它沿着公路两旁路灯拽上来的。不过,我还是相信农民工衣服褶皱的说法,车辙印就是证明。从乡村到城里的路上,月亮随着车辙是有过多次停顿的,能感受到一种不舍。乡村越来越远,最后成了一个原点,鸡鸭猫狗,菜地庄稼,都被固定在这个点里,没了声与影。凹陷的车辙从窗前延伸开去,不紧不慢地丈量着褶皱里时间的厚度;马儿喘着粗气奋力扬蹄,马鞭被中年的父亲握在手里,"啪"的一声,睡在车上的儿子,熟在地里的麦苗,被一齐惊醒。

月亮一路颠簸来到建筑工地,每晚看着跟它一起进城的父子,蹲在施工棚前吃饭。几个馒头被筷子串在一起，插在下水道的井盖上。这串馒头很快就躺在了父子俩的肚子里，悠闲地看着父子俩：他们躺着，胳膊枕在头下，一个神情专注地对着楼想心事，一个对着月亮哼着歌。

井盖上的馒头串好像在与楼比高，渐渐馒头串儿脱离了月亮的目光，变成了钢筋水泥插成一层层的高楼。像脱缰的野马，楼越来越高，越来越多，像印泥印模子那么快，最后月亮被放到一幢楼顶上，两排天鹅形的路灯勉强托着它。又像一队天鹅正为城市迎娶嫦娥仙子。马路上奔跑的汽车像迎亲鞭炮的碎纸屑，风一吹，便没了踪影。

父子俩中的儿子，转眼间就到了父亲的年龄。父亲升格爷爷后，背有些驼，眼睛也花了。有一天，竟走错了回家的路。绕了半天，才顺着那条进城的路找到自家的楼。他埋怨当初盖楼时，为什么把楼建得像多胞胎一样难认，花圃、苗圃也都像亲兄妹。在乡村，你家种点萝卜，他家种些青菜，很好辨认。此后，他很少再出门，看着孙子在屋里跑来跑去的童年发呆。他在想儿子这么大时，月亮地儿"藏猫猫"的情景。城里的月亮是被框在楼群里的，飞奔的汽车又占领了童年"藏猫猫"的地方。

一天，月亮发现通往乡村的路被一种浓雾挡住了。两天后，隐隐约约看到街上三三两两都是和蜘蛛侠一样半遮面孔的人。听人议论说，前几天来了一个叫"霾"的家伙。月亮警觉起来，记得四千多年前，在《尔雅·释天》出现过这个字，原话是"风而雨土为霾"。后来在甲骨文里，也多次见过这个字。单看那些笔画，就知道"霾"不是个好惹的主儿，得理不让人。你看，人惹了它，出门都不敢让"霾"看见嘴巴，更别说开口与"霾"理论了。之后"霾"与人做起了买卖，把空气的价格抬上去了。还生产了一种新风机，让空气在一条粗管道里绕一圈，人们就要花好几个月的工资呢。

爷爷站在新风口前，就像站在童年的村口。远处传来"藏猫猫"的声音，可就是看不到月亮。或许这一次月亮撩起衣服一角，是遮住自己整个身子,让孙子的童年藏得严严实实。有楼房就够了,没有人再会找到他了。爷爷听到了哭声,是隔壁的婴儿,他庆幸当初盖楼时没把墙浇铸得太厚。

爷爷看不到月亮,也看不到街道上的灯火。新风机声音小了,三九的风敲打起了窗户。它是月亮派来送信的。月亮正在与河长、湖长们玩"藏猫猫"升级版游戏。

到了春天,月亮就与河水湖水,还有河长湖长们一起回来。

回到城市与村庄的现代童年。